共和国故事

春风化雨
——全国广泛开展五讲四美三热爱活动

董文华 编写

吉林出版集团股份有限公司

图书在版编目（CIP）数据

春风化雨：全国广泛开展五讲四美三热爱活动/董文华编. — 长春：吉林出版集团股份有限公司，2009.12

（共和国故事）

ISBN 978-7-5463-1777-9

Ⅰ.①春… Ⅱ.①董… Ⅲ.①纪实文学－中国－当代 Ⅳ.①I25

中国版本图书馆 CIP 数据核字（2009）第 237782 号

春风化雨——全国广泛开展五讲四美三热爱活动
CHUNFENG HUAYU　QUANGUO GUANGFAN KAIZHAN WUJIANG SIMEI SANRE'AI HUODONG

编写　董文华	
责任编辑　祖航　李娇　王贝尔	
出版发行　吉林出版集团股份有限公司	
印刷　三河市嵩川印刷有限公司	
版次　2010 年 1 月第 1 版	2022 年 1 月第 12 次印刷
开本　710mm×1000mm　1/16	印张　8　字数　69 千
书号　ISBN 978-7-5463-1777-9	定价　29.80 元
社址　吉林省长春市福祉大路 5788 号	
电话　0431－81629968	
电子邮箱　tuzi8818@126.com	
版权所有　翻印必究	
如有印装质量问题，请寄本社退换	

前　言

自1949年10月1日中华人民共和国成立至今,新中国已走过了60年的风雨历程。历史是一面镜子,我们可以从多视角、多侧面对其进行解读。然而有一点是可以肯定的,那就是,半个多世纪以来,在中国共产党的领导下,中国的政治、经济、军事、外交、文化、教育、科技、社会、民生等领域,都发生了深刻的变化,中国人民站起来了,中华民族已屹立于世界民族之林。

60年是短暂的,但这60年带给中国的却是极不平凡的。60年的神州大地经历了沧桑巨变。从开国大典到60年国庆盛典,从经济战线上的三大战役到经济总量居世界第三位,从对农业、手工业、资本主义工商业的三大改造到社会主义市场经济体制的基本确立,从宜将剩勇追穷寇到建立了强大的国防军,从废除一切不平等条约到独立自主的和平外交政策,从"双百"方针到体制改革后的文化事业欣欣向荣,从扫除文盲到实施科教兴国战略建设新型国家,从翻身解放到实现小康社会,凡此种种,中国人民在每个领域无不留下发展的足迹,写就不朽的诗篇。

60年的时间在历史的长河中可谓沧海一粟。其间究竟发生了些什么,怎样发生的,过程怎样,结果如何,却非人人都清楚知道的。对此,亲身经历者或可鲜活如昨,但对后来者来说却可能只是一个概念,对某段历史的记忆影像或不存在,或是模糊的。基于此,为了让年轻人,特别是青少年永远铭记共和国这段不朽的历史,我们推出了这套《共和国故事》。

《共和国故事》虽为故事,但却与戏说无关,我们不过是想借助通俗、富于感染力的文字记录这段历史。在丛书的谋篇布局上,我们尽量选取各个时代具有代表性或深具普遍意义的若干事件加以叙述,使其能反映共和国发展的全景和脉络。为了使题目的设置不至于因大而空,我们着眼于每一重大历史事件的缘起、过程、结局、时间、地点、人物等,抓住点滴和些许小事,力求通透。

历史是复杂的,事态的发展因素也是多方面的。由于叙述者的视角、文化构成不同,对事件的认知或有不足,但这不会影响我们对整个历史事件的判断和思考,至于它能否清晰地表达出我们编辑这套书的本意,那只能交给读者去评判了。

这套丛书可谓是一部书写红色记忆的读物,它对于了解共和国的历史、中国共产党的英明领导和中国人民的伟大实践都是不可或缺的。同时,这套丛书又是一套普及性读物,既针对重点阅读人群,也适宜在全民中推广。相信它必将在我国开展的全民阅读活动中发挥大的作用,成为装备中小学图书馆、农家书屋、社区书屋、机关及企事业单位职工图书室、连队图书室等的重点选择对象。

编　者

2010年1月

目录

一、发出倡议
高占祥请教胡耀邦/002
高占祥进行深入调查/004
九单位联合发出倡议/007
提出活动具体要求/012

二、少儿培养
培养孩子讲礼貌/016
小学生争做好人好事/019
积极推行教子公约/024
让孩子们做到"行为美"/026

三、校园德育
用爱心培养道德情操/032
掀起尊师爱生热潮/037
学校开展育人活动/040
教师用爱心教育学生/043
开展教师爱生活动/047

四、行业新风
个体工商户提高觉悟/052

目 录

开展文明礼貌服务/054

列车员做旅客的贴心人/059

开展教育青年活动/064

干警为群众做好事/069

轮渡公司为民解忧/072

职工精神面貌大变样/075

社会各界开展"五讲四美"活动/079

五、遍地开花

开展"五好家庭"活动/086

新风吹遍每一个角落/088

团中央表彰少先队员/091

山西山东"五讲四美"结硕果/094

福建发生可喜变化/099

开展职工思想建设工作/106

出现尊重清洁工的现象/110

见义勇为层出不穷/113

涌现时代榜样张海迪/116

一、发出倡议

- 刚刚回到北京的高占祥,此时深深意识到,青年的道德教育刻不容缓。

- 胡耀邦想了想说:"要一浪接一浪,一浪推一浪,一浪高一浪去推动它。"

- 高占祥提出了在青年中开展"五讲"的新活动,即"讲文明""讲礼貌""讲卫生""讲秩序""讲道德"。

高占祥请教胡耀邦

1978年10月16日至26日,共青团第十次全国代表大会在北京举行。

出席大会的代表共2000人,包括54个民族,代表全国4800万团员。

党和国家领导人出席了开幕式,并在会议期间接见了全体代表。

团中央"十大"筹委会副主任王照华致开幕词。中共中央副主席李先念代表中共中央和国务院向大会致辞,并深刻地阐明了青年一代新的历史使命。

在会议期间,国务院副总理方毅、康世恩、陈慕华分别就科学技术工作、国际形势和国内经济形势与任务等问题作了报告。

大会听取、讨论和通过了韩英代表团"十大"筹委会所做《为伟大的新长征贡献青春》的工作报告,听取和讨论了团中央领导所作的关于修改团的章程的报告,并通过了《中国共产主义青年团章程》。

共青团"十大"提出并阐述了新时期青年一代的光荣使命,是动员全团和各族青年参加社会主义现代化建设的誓师大会。

"十大"选出了中央委员201名、候补中央委员99

名，组成共青团第十届中央委员会。

在这次大会上，高占祥被选为团中央书记处书记。会后，团中央书记处成员进行了具体分工，高占祥分管思想道德教育工作。

刚刚回到北京的高占祥，此时深深意识到，青年的道德教育刻不容缓。

由于刚刚走上工作岗位，高占祥对工作还不熟悉。对工作重点和方法百思不得其解的高占祥，便去请教团中央的老书记、时任中宣部部长的胡耀邦。

在中南海胡耀邦的办公室，高占祥向胡耀邦倾诉了自己的想法，让老书记给拿点主意，理出些头绪来。

胡耀邦想了想说：

> 开展青年工作，一定要有个具体的抓手，否则就抓不出东西来，并且一件事情不抓则已，要抓就抓住不放，一抓到底。
> 要一浪接一浪，一浪推一浪，一浪高一浪去推动它。
> 要搞就搞出名堂，震动地球。

胡耀邦高瞻远瞩地提出了富有建设性的意见，但高占祥还是不明白到底该从哪里抓起，该抓什么。

胡耀邦说："抓什么要从实际出发，你要去调查研究！"

高占祥进行深入调查

高占祥在请教老书记胡耀邦后,清醒了许多。他离开中南海,立刻组织人去上海、北京、武汉等地调查研究。他本人也到武汉进行深入调研。

不调查不知道,一调查吓一跳。怪不得毛泽东早就提出,"没有调查就没有发言权"。调查的情况让人为之心惊胆战,为之心寒担忧。

在当时,青年的道德滑坡,抢座、骂人、虐待老人、破坏公物、冰棍纸乱扔等现象十分严重。一些顺口溜深刻地反映了当时的状况,如:

> 职工上班心在跳,担心家里门被撬;
> 职工下班心在跳,担心路上被劫道;
> 上班下班都在跳,担心孩子走邪道。

经过实地调查后,高占祥有了丰富的第一手资料,他仍然在想"抓手"的问题,在想怎么找到合适的方式行使"发言权"的问题。他需要简单明了、针对性强的押韵口号,建立一种易记、易懂、易传播的道德规范。

经过多番思考,他想到了古人在德育时曾提出过"三从四德",以及孔子曾经说过的五美四恶等问题,他感到豁然开朗。

高占祥找到宣传部的同志一起研究，根据武汉和无锡等城市的一些经验，还有以前开展的五热爱等活动，便提出了在青年中开展"五讲"的新活动，即"讲文明""讲礼貌""讲卫生""讲秩序""讲道德"。

大家在讨论完"五讲"之后，又考虑到年轻人没有耐心听"讲"，但他们爱美，喜欢美，所以又综合出了"五美"，即"心灵美""语言美""行为美""仪表美""环境美"。

高占祥没有想到的是，他对青年爱美心理的琢磨，竟引起了强烈反对。

在当时，团干部集中在镇江开共青团省市委书记扩大会。在讨论会上，"五讲"没有人反对，获得大家的一致通过。反对主要集中在"五美"上面，首先是仪表美。

有人说，现在的年轻人已经够臭美的了，袒胸露背，奇装异服，你还提倡仪表美，这到底是要把青年引向何方？

一听到要把青年引向何方，高占祥才感到很大压力，虽然调查有了，但"发言权"还很难把握。他后来回忆说：

这么上纲上线谁也受不了。

接着又有人提出，中央刚刚提出艰苦奋斗，强调仪

表美是不是强调资产阶级生活方式,这和中央的讲话精神是不是不一致?

就这样,"五讲五美"就变成了"五讲四美"。五讲四美,是道德突围了政治,也是解放思想。在当时提出来可谓是一种突破。

九单位联合发出倡议

经过反复讨论提出"五讲四美"之后，高占祥觉得仅仅依靠团的系统在全国青少年当中开展"五讲四美"活动，力量有些单薄，活动面过于狭窄，打不开局面。

在高占祥看来，青少年当中存在的种种不文明不礼貌的问题，不仅在青少年本身，还在于他们的家长和老师的言行举止。要解决青少年的问题，还必须同时把家长和老师的问题也结合起来，在联系中解决问题。

高占祥根据"五讲四美"可能涉及的单位，一家一家地去联系。

作为小字辈的共青团中央，去找总工会老大哥，去找妇联老大姐，这其中自然不乏多番周折。高占祥跑断了腿，磨破了嘴，从东城到西城，从南城到北城，一次又一次地往返于各个单位之间，协商具体事宜。

经过多次协商，最终，高占祥联合了中华全国总工会、全国妇联、中国文联、中央爱卫会、全国学联、全国伦理学会、中国语言学会、中华全国美学学会八家单位，共同决定在全国发布联合倡议书，在全国范围内长期持续开展"五讲四美"活动。

包括共青团中央在内，这九家单位几乎涉及当时的所有行业。

1981年2月25日,中华全国总工会、共青团中央、全国妇联、中国文联、中央爱卫会、全国学联、全国伦理学会、中国语言学会、中华全国美学学会等九家单位,为积极响应党中央的号召,推动社会主义精神文明的建设,联合向社会发出《关于开展文明礼貌活动的联合倡议》。

"倡议"号召全国人民特别是青少年开展以"讲文明、讲礼貌、讲卫生、讲秩序、讲道德"和"语言美、心灵美、行为美、环境美"为主要内容的"五讲""四美"文明礼貌活动,通过"五讲"达到"四美"。

"倡议"指出:

> 讲究文明礼貌,不仅是一个国家社会风气的现实反映,也是一个民族进步的重要标志。全国解放以后,毛泽东同志就庄严宣告:"中国人被人认为不文明的时代已经过去了,我们将以一个具有高度文化的民族出现于世界。"生产资料公有制的确立,从根本上废除了阶级剥削和压迫,铲除了不文明的祸根,剥削阶级意识和旧道德观念也受到了有力的荡涤。在党的亲切关怀和教育下,随着生产的发展和文化水平的提高,我国人民的爱国主义和集体主义精神大大发扬,人与人之间的同志式互助合作和团结友爱的关系,也逐步建立起来。

……

要进一步把社会主义精神文明建设起来,这就需要全国人民、尤其是青少年一代做出坚忍不拔的努力。

"倡议"对"四美"的一般内容及与"五讲"的内在联系也作了详细阐释:

"五讲""四美"是有机联系的,通过"五讲"达到"四美"的要求。"四美"的一般要求是:

"心灵美",就是要注重思想、品德和情操的修养,维护党的领导和社会主义制度,做到"爱国、正直、诚实",不做有辱国格、人格的事,不损人利己,不弄虚作假。

"语言美",就是要使用和推广礼貌语言,做到"和气、文雅、谦逊",不讲粗话、脏话,不强词夺理,不恶语伤人。

"行为美",就是要做一个有益于人民有益于社会的人,做到"勤劳、友爱、守纪",不损害集体利益,不破坏公物,不危害社会秩序。

"环境美",就是要搞好个人、家庭和工作场地、公共场所的卫生,做到"卫生、整洁、绿化",不随地吐痰,不乱扔果皮、纸屑,不破坏树木、花草。

"倡议"中也着重提出了"五讲四美"活动的目的和意义：

> 开展以讲文明、讲礼貌、讲卫生、讲秩序、讲道德和心灵美、语言美、行为美、环境美为内容的"五讲""四美"文明礼貌活动，使我国城乡的社会风气和道德面貌有一个根本改观，让伟大的祖国以社会主义高度精神文明的新风貌出现在世界的前列。当前，广泛开展以"五讲""四美"为内容的文明礼貌活动，就是朝着这个方向采取的一个实际步骤。

培养文明礼貌行为和习惯，不仅要依靠人们的信念和道义的力量，还要依靠社会舆论和宣传的作用。需要各个宣传教育单位和各种报刊，积极为倡导社会主义精神文明，为恢复和树立文明礼貌新风尚开路。需要热爱文学、戏剧、电影、电视、音乐、美术、曲艺、舞蹈、摄影的工作者，把"五讲""四美"作为创作和宣传的一项重要内容，用人民群众中闪烁着社会主义精神文明的火花，去鼓舞人民和青少年向更高的精神境界前进。

因此，"倡议"最后提议：

开展"五讲""四美"活动,是当前建设社会主义精神文明的一项重要工作。各级工会、共青团、妇联、文联、爱卫会、学联组织,要在各级党委的统一领导下,同有关部门配合、协作,共同做好工作。各地开展"学雷锋、树新风"活动,"遵纪守法、文明生产"活动,"五好家庭"和"好妈妈"活动等,都要和"五讲""四美"活动结合起来,相互促进。评选先进生产者、劳动模范、新长征突击手、三八红旗手和三好学生,都应把文明礼貌作为基本要求。

提出活动具体要求

1981年2月28日,也就是九单位发布联合倡议书后的第三天,中共中央宣传部、教育部、文化部、卫生部、公安部联合发出关于开展文明礼貌活动的通知,提出要使活动具体化经常化。

通知中指出:

> 文明礼貌教育活动,要普及到全国,但重点放在城镇,特别是大中城市;主要在青少年(包括儿童、幼儿)中开展,同时也要对广大群众进行文明礼貌的宣传教育。

九单位的联合倡议,五部门的联合支持,使得在全国范围内,尤其是服务行业和中小学校当中,一个以"五讲四美"为主要内容的建设社会主义精神文明的群众性活动如火如荼地开展起来。

"五讲四美"具有丰富的内容,有很强的思想性。"五讲四美"的口号一提出来,很快就为广大人民群众所接受,成为社会生活中一个公认的指导原则。

从此,冰凌化为春水,严寒转为春风,新人新事层出不穷,良好的社会主义的社会风尚日益发展,中华大地开始了一次全新的国家和全民的"形象塑造工程"。

从1982年开始,每年的3月份成为全民文明礼貌月。在文明礼貌月中,北京、上海、济南等城市都有几十万甚至上百万人上街打扫卫生。学雷锋小组,文明班级,文明商店,大街上相邻单位七户一岗维护卫生……种种与"五讲四美"相关的活动在全国各地蓬蓬勃勃地展开。

这种常态活动在高占祥看来,"吹开了青年心中灿烂的道德之花"。各地不断上报的资料里讲述着:

> 从前是扒手,现在是突击手;从前是打架大王,现在是突击大王;从前是害群之马,现在是四化建设的千里马;武汉的九千九百四十九名青年,交出了一万四千三百一十二件凶器……

在这些数据之外,一些细微观念的转变也在不断发生。

20世纪80年代初,在沈阳环卫三所做支部书记的郭阿姨,依然记得当时"五讲四美"给清洁工人带来的变化。她后来回忆说:

> 70年代的时候,手下的环卫工人姑娘小伙找对象最让我头疼。"五讲四美"之后,清洁工成了城市的美容师,"讲卫生"是"五讲四美"

的重头戏。当时不光领导重视，别人看清洁工的眼光也不一样了，姑娘小伙谈起自己的职业不再遮遮掩掩。

对象好找了，质量也上去了。

郭阿姨说："手下的姑娘小伙找到的对象都精精神神，条件也好，有的还找了别的系统的干部，在以前，可不敢想。"

《人民日报》1981年刊登的一篇报道，写的就是郭阿姨说的事。这篇题为《五讲四美的丰硕成果，沈阳青年清洁工找对象不难了》的报道称，"五讲四美"之后，看不起清洁工的不良风气有了改变，沈阳市环卫系统从机关、厂矿、部队"娶"进356个新媳妇或新女婿。

"五讲四美"，这一原本是思想道德层面的口号，不经意间切实改变着人们的生活。

正是高占祥当初的一个富有创意的想法，才使得"五讲四美"活动能够迅速地变成一场全民的活动，在全国范围内，在各级学校，在各个行业，如火如荼地开展起来。

二、少儿培养

- 老师正在认真地讲着,孩子们正在认真地听着,忽然,一位老大爷急匆匆地走进了教室。

- 小学老师们普遍反映,实行教子公约,通过社会、家庭、学校三结合教育学生,效果非常好。

- 环城二小三(1)班的郭老师认为:"当众批评一个三好生的缺点是对的,但当众批评一个各方面都比较差的学生就不一定对。"

培养孩子讲礼貌

少年儿童是祖国的花朵,是未来的希望,建设社会主义精神文明,很重要的是从教育青少年做起。

所以,在《关于开展文明礼貌活动的联合倡议》中特别提到:

> 树立文明礼貌新风,要从小抓起,从小事抓起,从现在抓起。小孩从学话开始,就要教育他们使用文明语言。在家庭、幼儿园,要对孩子进行讲文明、懂礼貌的教育。儿童上小学,青年进厂、进店、跨进工作大门的第一次教育,都要使他们明了文明礼貌行为准则。在日常的学习、劳动、工作和生活中,都要点点滴滴地潜移默化,逐渐形成讲究文明礼貌的风气。

二机部第四设计院幼儿园坐落在美丽的南方城市湖南的衡阳市。在这座幼儿园里,特级幼儿教养员李隆筠是一位工作多年的幼教老师。每天早上,李隆筠老师都会主动地向园里的孩子们问早问好。

向五六岁的幼儿问早,听起来是一件多么奇怪的事情。但在李老师看来,却是很正常的。她认为,教育孩子学会礼貌，大人就得做好榜样，这样才能感染孩子。

不仅如此，李老师还注意随时用自己美好的情感去感染幼儿。

李老师的行为不仅教会孩子学会了礼貌待人，也感染了家长和老师们。家长和老师们都称赞她是"幼儿心灵的美容师"。

这些还都是开展"五讲四美"活动以前就坚持做的事情。

在"五讲四美"活动开展后，为了让孩子们从"五讲四美"活动中更好地学习文明礼貌，李隆筠结合幼儿的特点，总结以往的教学经验，向小朋友们提出几条文明礼貌要求，并做成画片、编成儿歌、小话剧、木偶戏等，让幼儿更好地理解"五讲四美"，以此来激发他们对文明礼貌行为的情趣。

为了让幼儿练习说"请""您""谢谢"等礼貌语言，李隆筠老师让孩子们到别的班去借一样东西或送一样东西，来提醒他们怎样跟别人打招呼，如何说这些礼貌用语。

为了让幼儿练习轻轻敲门，李隆筠请小朋友去给园主任送报纸和请园主任来观摩上课，告诉他们到老师的办公室记得要轻轻敲门，要向老师问好。

经过耐心诱导，李老师所带幼儿班的小朋友们，都能做到主动向别人问"早"，说"再见""谢谢"等礼貌用语；需要别人帮助时会说"请"；不小心碰了别人会说

"对不起";在别人道歉时,能马上表示原谅说"没关系"。孩子之间即使发生一些小的纠纷,也能礼貌相待。

不仅如此,李隆筠老师还注意有目的地指导小朋友观察、发现、欣赏、爱护自然界的美,发展幼儿良好的情感。

在认识春天美的特征时,李隆筠老师就领着幼儿做"找春天"的游戏。孩子们兴致勃勃,马上散开去找春天。一会儿,他们就轻轻地又神秘地告诉李老师:

我找到了春天。幼儿园门口,许多小黄花都开了,可好看啦!

我听到青蛙呱呱叫的声音了。

我看到了许多花蝴蝶。

从孩子们这些充满童稚气的语言中,就可看到幼儿能感知自然美了。

为了更进一步知道什么是美,李隆筠又引导幼儿把自然和人的劳动联系起来,带领幼儿观察幼儿园的一位种花爷爷怎样给花浇水、怎样施肥、怎样培土、怎样照料盆花晒太阳等。

李隆筠通过各种有趣的方式,让小朋友知道,在人们辛勤的劳动下,花、草、树木才长得更美丽,借此从小培养幼儿热爱劳动、热爱劳动人民的情感。

小学生争做好人好事

1981年5月12日下午,贵州省秦县姜堰小学一(2)班的小朋友们正在聚精会神地听老师讲课。

老师正在认真地讲着,孩子们正在认真地听着,忽然,一位老大爷急匆匆地走进了教室。

他先向老师、同学们打了一下招呼,然后从口袋里掏出一封感谢信,激动地读了起来。

这是怎么回事呢?等老大爷读完感谢信后,大家才明白事情的来龙去脉。

原来,这天中午放学后,栾小峰同学一个人走在回家的路上。在经过陵园新村东首河岸时,细心的他发现靠近岸边有一个干干净净的皮夹。

栾小峰走下河岸,把皮夹拾了起来。呀!还鼓鼓的!

好奇的栾小峰打开了皮夹,看到里面露出了好几张花花绿绿的人民币。一数,共9.7元,旁边还夹了一张发票。

这是谁掉的呢?栾小峰拿着发票,一边在河边等失主,一边想着如何寻找失主。聪明的小峰想起了皮夹的发票了,那上面可能有线索!

他急忙取出发票,打开后,只见上面仅写着"沈凤桐"三个字。但这三个字中,小峰只认识一个字。

这可怎么办呢？栾小峰考虑到失主如果发现东西掉了，可能会很着急来找。于是他决定先不回家吃饭，就在原地等候失主，等到失主后再回去吃也不晚。

但直到中午12时，栾小峰也没见到有一个人来找东西，他自己也饿得饥肠辘辘了。

栾小峰心里想，要是再等下去，爸爸妈妈会担心的。他想出了一个主意：回去请爸爸妈妈帮忙找失主。

回到家，小峰向爸爸妈妈讲明了事情的经过。在爸爸妈妈的帮助下，他终于在下午上学前找到了失主。

原来失主是县工具厂一位退休的老工人，名字叫沈凤桐。

拿到皮夹后，沈爷爷非常激动，立即写了这封感谢信亲自送到了学校。

同学们听沈爷爷念完感谢信，个个鼓掌。这掌声是对小峰的热烈赞扬与鼓励，也表示大家要向小峰学习的决心。

还有一件事也非常感人。

"小王拾到一只塑料文具盒交给老师啦！"

不知是谁喊了这么一声，很快，小王做好事就被当成一件"特大新闻"在五（4）班传开了。

自从学校响应倡议，开展"五讲四美"活动以后，校园里拾金不昧、捡到东西物归原主的好事就越来越多，可以算是屡见不鲜了。

拾到一只塑料文具盒交公可算再平常不过的事了，

怎么竟成了"特大新闻"呢？

事情还是有点原因的。因为这样的事情发生在小王身上确实不容易。

从前，由于受当时社会坏风气的侵蚀和影响，小王渐渐沾染了一些不好的习惯。就在前不久，他还曾为两件事轰动了全校，一件是偷了邻居的8元多钱，另一件是在一天傍晚用偷来的钱雇了一辆三轮车逛了姜堰一圈。

老师和家长都不厌其烦地教育他，让他克服这些坏毛病。在老师和家长的劝导下，他也有了一些好转，但仍不能杜绝一些坏事的发生。

就在上学期，学校轰轰烈烈地开展了"五讲四美"活动。

在一次"五讲四美"汇报会上，大家纷纷向老师作出保证，要学礼貌讲文明，不做坏事，争取做好事。

小王也向老师表示，一定要从现在做起，从自己做起，从零做起，不再学习社会上的那些坏风气，要做一名品德优良的好学生。

向老师表示决心后不久，在一天放学后，小王在学校后门口玩耍时，发现地上有一只翠蓝色的塑料文具盒。

这时，校门口四周已空无一人，看着手中的文具盒，小王想着自己正缺少文具盒，也真打心眼里喜欢这个翠蓝色的。

但他马上又想到了自己在汇报会上当着老师和同学们说过的话。想到这儿，他没有再犹豫，拿起文具盒，迈开大步,迅速直奔学校办公室,把文具盒交给了值班的老师。

小王的举动很快就得到了老师的肯定和表扬。同学们知道了这件事后,也都向他竖起大拇指。

小王说:"还仅仅是开始,我和大家还有差距,我决心迎头赶上去,和大家共同前进。"

还有一件事,同样可以看出学习"五讲四美"的影响有多么巨大。

蒋晖和蒋旭东是叔伯兄弟,两人同在五(1)班学习。

以前两人都是一起从家去学校上学,一起放学回家,一起做作业,一起玩耍,亲亲热热,和和睦睦,团结得就像一个人似的。

可是到四年级时,两人之间有了隔阂,谁也不搭理谁了。为什么会这样呢?

原来,有一次两人去电影院看电影,为了抢到一个好的座位,兄弟俩发生了小小的争执,双双红了脸。从此,两人谁也不再理谁了,有时候路上相遇也是形如路人,招呼也不打了,好兄弟成了"对头星"。

学校热火朝天地开展了"五讲四美"活动,小小的校园里好人好事层出不穷,同学们都开始注意自己的言行举止,都努力和别人搞好关系,讲究团结。

看到这种情景,蒋晖心里不禁想到,"五讲四美"要求我们"讲文明""讲礼貌""语言美""心灵美",我们俩却一点也不团结，这怎么能算是"五讲四美"呢？我是哥哥，又是班干部，就应该主动和他搞好团结。

明白了这些，蒋晖主动找到蒋旭东说："好弟弟，以前我们为一点小事就闹不团结，我做哥哥的应负主要责任……"

蒋旭东没有等哥哥说完，也开腔了："好哥哥，你别说了，自从开展'五讲四美'活动以后，我也早想向你认错了，但总不好意思。以前的事是我的错，你原谅我吧。"

打那儿以后，两人又变得形影不离、互敬互爱起来了。

老师、同学们知道他俩和好后，都高兴地称赞说：

"五讲四美"威力大，兄弟团结开红花。

积极推行教子公约

1981年6月,全国"五讲四美"活动如火如荼地进行了几个月。各地都纷纷响应,利用各种方式,将"五讲四美"活动逐渐推向了一个新台阶。

湖南湘潭市妇联也在积极探索有效的措施,积极开展"五讲四美"活动。

市妇联派出了一个工作组到唐兴街实地走访,探索开展"五讲四美"活动,培育文明礼貌新一代的途径。

工作组一行人员同街道居委会干部一起,走访调查了唐兴街227名16岁以下的少年儿童,详细记录了每个孩子的表现状况,并认真分析解剖了几个"调皮大王"的情况。

走访结束后,工作组人员聚在一起开会研究讨论,制定一条什么样的措施才能改变孩子们不好的一面。经过多次深入讨论,最后提出了制定教子公约的措施。

有了这个方向,工作组联合居委会,分头行动,具体负责。他们给每户居民送去了两本书:《父母必读》和《家庭教育》,并召集家长,给他们讲了四堂课:

家庭教育的地位和作用;怎样正确地教育孩子;少年儿童的保健卫生;法制教育。

在召开家长座谈会时,工作组和居委会的工作人员,与家长一起讨论具体细节,最终制定出一项教子公约。

教子公约的内容主要有:

> 家长要做"五讲四美"的模范;随时教育孩子不讲粗痞话;乐于接受别人对自己孩子的批评。

定了教子公约后,下一步就是具体实施了。

湘潭市妇联结合相关部门,积极推行教子公约。实施半年后,教子公约在社会上产生了良好的效果。

家长通过学习教子公约,懂得了如何科学正确地教育孩子,成年人也能够自觉约束自己,给孩子树立榜样。照顾孤寡老人、军烈属已蔚然成风。

在没有推行教子公约之前,唐兴街的面貌则是另外一种情形。那时,这条街平均每年打架吵嘴的民事纠纷有20多起。开展这项活动后,就很少发生口角了。

许多居民,特别是退休老工人经过逐渐学习,认识不断得到提高,以往的不良习惯得到自我纠正,都自觉打扫公共卫生,积极参与从事各种不计报酬的公益劳动,成为少年儿童的学习榜样。

小学老师们普遍反映,实行教子公约,通过社会、家庭、学校三结合教育学生,效果非常好,唐兴街的学生在各方面都有了较大的进步。

让孩子们做到"行为美"

几个孩子在街上闲逛,用污秽的语言互相笑骂,路人觉得不堪入耳,但他们自己却觉得很美,因为他们觉得这可以表现他们的"哥儿们"的"豪爽义气"。

在分发电影票时,大家抢着要最好的位置,他们不觉得自己的行为有什么不美。

他们认为说谎是对的,因为事实证明说实话往往要吃亏。学习成绩不好,也没有什么不光彩,反正交白卷的也能上大学。

做好事?我才不干,谁活着不是为了自己。拾到东西还兴还?反正我又不是偷的!

上述这些坏习惯和坏行为,在当时很多小学生当中都存在。为了纠正孩子们的这些坏习惯和坏行为,让孩子们认识到什么样的行为才是美的,塑造孩子的优秀品质,这也是开展"五讲四美"活动的目的之一。

云南省昆明市各小学为了全面贯彻党的教育方针,把"五讲四美"活动开展得有声有色,真正让孩子们理解并做到"五讲四美",学校既抓智育,也重视德育和美育,教师们也纷纷自觉地挑起了塑造美的心灵的重任。

青年路小学为了培育学生的正确审美观念,组织少先队辅导员带领学生进行旅行。通过旅游踏青活动,让孩子们欣赏祖国的壮丽河山，从最直观的自然美开始，再一步步具体到学校的环境美，到个人的卫生、仪表和心灵美。

老师在启发孩子确立美的观念后，还每星期举行一次"道德评议会"。评议会四人一组，各人回顾和评议一周来自己的情况，以小红花作为对好品德、好行为的鼓励。

三（2）班的朱刚同学原来经常欠交作业。经过评议，他认识到欠交作业是不遵守纪律的行为，就改正了缺点，还戴上了"爱学习"的小红花。

先锋小学的美育活动开展得富有特色，他们以文艺形式组织"行为美"的主题会。

少先队员编排了一个个表现文明礼貌行为的小节目，在礼堂演出。有的"小反角儿"把不良行为表演得淋漓尽致，台下的小观众时而啧啧赞美，时而哄堂大笑。有名的小捣蛋演出他从逃学到积极为集体做好事的转变过程，虽然演技不甚精湛，却引出满堂热烈的掌声。

在掌声和笑声中，小观众将自己的行为同台上的表演进行对照，台上的那些不良行为，慢慢在生活中消失了。

人与人之间互相关心、互相帮助，是社会主义精神文明的重要内容，是美的心灵的表现。让孩子们从小就懂得尊重别人，关心别人，是培养学生好的道德品质的重要方面。

中华小学就特别注意发挥学生的主动性。在中华小学里，孩子们不但能够分辨美丑和是非，而且能根据自己的判断帮助别人，形成了互相帮助、学习的风气。

石军是三（1）中队的小队员。他人既聪明又伶俐，可有个奇怪的毛病，就是上课时喜欢像女孩子那样编自己的头发。课堂上，自己的小脑袋瓜里尽想着怎么编头发扎头发，老师讲的课一点儿也没有听进去。他说有时候就是自己也不知道怎么会编起头发来的。

班上几个女同学看到这种情况，就找到石军。大家鼓励他坚持一个星期不玩头发，看能不能克服掉这个坏毛病。

石军也向大家作了保证，要克服这个坏毛病。

第二天，石军坚持了。可是到了第三天，那只小手不知不觉又摸到了头上。

怎么办呢？大家都替石军出主意想办法。终于，他们想出了一个办法。

经过老师同意，几位女同学把座位换到石军的前后左右，团团围住石军。这样，只要他的小手痒得熬不住，就有人提醒他一下。

时间一长，石军果然改掉了这个习惯。

有一次，石军去参加电视片的拍摄工作。这几位女同学马上意识到又要提醒石军编头发的事情了。

她们给石军写了封信，提醒他不要旧病复发，要听导演的话，好好拍电视。大家还凑钱买苹果送去慰问他。

等他回来后，为了不让石军学习退步，几位女同学轮流给他补习功课。

到学期考试时，小石军语文得了94分，算术得了95分，比以往的成绩还要好。

每个学校都会有一些思想品德和学业都比较落后的学生。做好转变这些学生的工作，在学校工作中占有重要地位，也是一项十分困难的工作。

因为这些落后的学生叛逆心往往较强，喜欢跟老师做对，老师说这样不好，他偏偏那样做。你要"五讲"，他要打闹；你说"四美"，他无所谓，常常把挺好的气氛搞得一团糟。

昆明市各小学在开展这项工作过程中，积累了大量的宝贵经验。

环城二小三（1）班的郭老师认为：

当众批评一个三好生的缺点是对的，但当众批评一个各方面都比较差的学生就不一定对。

郭老师的办法是：放宽政策。在评选"红花少年"等活动中，要求同学们多注意发现他们道德品质上进步的一面，不要在他们的学习成绩上纠缠。就是这个办法，让一个人人见了都摇头的"小坏蛋"转变为班上的积极分子。

武成小学五（3）班的邓老师认为：

各方面都较差的学生,在同学和家长面前都会感到抬不起头,老师绝不能让他们继续失掉自信心。

在她的感化和教育下,一个长期遭冷落、打算"疯到底"的学生,不但品德转好,而且成绩也跃居前列。

青年路小学四(2)班的刘老师说:

差生身上也有闪光点,他们往往体育好,劳动好,在部分学生中有号召力。做好他们的工作,可以带动一大片。

老师们的爱心教育,让学生认识到心灵美体现在哪些地方。

在"五讲四美"和学雷锋的活动中,昆明市的小学生做了数以万计的好事。众多钱物,因为他们的拾金不昧,重新回到了失主的手中。数不清的军烈属、五保户,因为他们的热心帮助,感到了新社会的温暖和爱心。

三、校园德育

- 一封急信送到了勘探系物探专业政治辅导员赵后印的手里。赵后印打开书信,看着看着,脸上开始露出焦急、忧虑的神情。

- 这个模范行动给学生的教育很深,都说教职工是他们的好师表。

- 在"倡议书"中,代表们倡议在全国教育工作者进一步开展"五讲四美"为人师表活动,做社会主义精神文明建设的积极建设者。

用爱心培养道德情操

《关于开展文明礼貌活动的联合倡议》提出：

各级各类学校应该成为倡导文明风尚的主要阵地，不仅要教育青少年懂得讲文明礼貌的意义、要求和知识，而且教师要为人师表，培养学生成为有理想、有道德、有知识、有体力的新人。

1980年4月29日，教育部、共青团中央印发了《关于加强高等学校学生思想政治工作的意见》的联合通知。联合通知对高校学生提出：

必须坚持进行共产主义道德品质教育。培养学生热爱祖国，勤奋学习，热爱劳动，关心集体，助人为乐，诚实谦虚，文明礼貌，遵守法纪，艰苦奋斗，英勇对敌等革命风尚。要继续开展"学雷锋、树新风、创三好"和"尊师爱校"等教育活动；发扬顾全大局，舍己为人的集体主义精神。

1981年9月24日，江汉石油学院的"学雷锋、树新风"表彰大会正在按照议程顺利地进行。

突然，一封急信送到了勘探系物探专业政治辅导员赵后印的手里。赵后印打开书信，看着看着，脸上开始露出焦急、忧虑的神情。

原来，物探专业801班女生李兰斌家里出事了。当时她正值暑假期满返校之际，父亲却不幸溺水身亡。

李兰斌的父亲是农场农工，母亲卧病在床。还有4个弟弟妹妹，全靠父母抚养。

家里顶梁柱突然折了，家长的压力就要由李兰斌担负。她能否经受住精神上的打击呢？能否返校完成学业呢？问题一个接一个地在赵后印的眼前闪现。

表彰会结束后，赵后印立刻向系党总支作了汇报。党组织决定派赵后印前往湖南，帮助李兰斌返校。

谁知还未等赵后印出发，第二天，李兰斌却由大队党支部书记护送来校了。

赵后印高兴地接待了大队党支部书记，向他询问了李兰斌的具体情况。通过谈话，知道她的悲痛心情尚未平复，对前途和学业缺乏信心，她的母亲也为此担忧。

赵后印握着大队支部书记的手，激动地说："请转告李兰斌的母亲，这里是社会主义的大学，有党、有1000多名大学生，小李生活在集体中，请她放心！"

"五讲四美"活动的开展，滋育了大学生的美好心灵，他们要分担同学的忧愁，用行动提高自己的道德标准。

当天晚上，物探801班班委会、团支部开会讨论如何安慰李兰斌同学，帮她重新鼓起生活的风帆。

最后班会和团支部讨论决定：

号召全班同学资助李兰斌！

班长杨举勇放弃回家过国庆节的打算，把路费捐了出来。团支部书记李东安首先拿出10元钱、6.5公斤粮票。张仲桥同学把准备买棉袄的钱也拿了出来，他说："买件棉袄只能使自己得到温暖，送给有困难的同学却能增添集体的温暖。"

就这样，一场自动捐助活动在物探801班展开了。

李兰斌同学家庭遇到困难的消息不胫而走，传遍了石油学院。友谊、温暖、援助来自四面八方，打破了班、系的界限。

矿场地球物理专业等4个班的6名同学，凑了23元，一声不响地邮寄到李兰斌的家里。

矿业801班的杨唯英的哥哥不久前不幸殉职，失去了哥哥和经济来源，也曾使杨唯英一度陷入绝望的悲痛之中，正是班集体的春风吹散了她心中的愁云。她深深感到集体的温暖，友谊的重要，她拿出仅有的一点零用钱找到李兰斌，把钱和粮票硬塞到她的手里。

李兰斌到校20多天内，收到捐助的粮票就有395公斤，钱170元。

而辅导员赵后印在全力安排小李的学习和生活的时候，他自己的家不幸被盗，一个月的生活都很难维持。但是，他把自己的事情置之度外，一次又一次地找小李谈心，从事业、理想和道德情操上去启发引导，使她认识到一个人不论在什么艰难困苦中，仍然要热爱生活、热爱社会主义事业。

在教师和同学们的关怀下，李兰斌终于从悲痛和消沉中解脱出来了。她坚持学习，按时完成作业。她说：

> 在"五讲四美"活动中，我受到了一次终生难忘的集体主义教育，它将永远鞭策我为祖国石油工业的发展而努力学习，努力工作。

在江苏无锡市模具厂技工学校开展的"五讲四美"活动中，充分发挥学生会和团支部的作用，积极引导学生和团员在校内外树新风、做好事。学生会成立了义务维修、理发小组等，热情为厂里工人及同学们服务。

不少同学甘当无名英雄，做了好事不留姓名。他们有的不声不响地打扫厕所和公共环境，有的主动修理坏了的课桌椅、门窗。据不完全统计，一个月里发现的好人好事就达60多件。

如801班肖景兰同学在家门口拾到80余元现款，及时地交还了失主。当失主来校要酬谢他时，他婉言谢绝说：

> 这是我应该做的。

在安徽省，省航运技校旁边有条1.5公里多长的土公路，年久失修，坎坷不平，平时难以行车，雨天甚至步行都感困难。在开展"五讲四美"和"学雷锋、树新风"活动中，学校的教职工决心用自己的双手改造这条道路。

他们用汽车和拖拉机从山脚下拉来坚硬的砂石，然后一齐挥锹抡镐，出力大干。经过几个星期的辛勤劳动，一条平整坚实的大道终于出现在人们面前。

这个模范行动给学生的教育很深，都说教职工是他们的好师表。

掀起尊师爱生热潮

南京二十六中结合学校实际开展"五讲四美"活动，促进了校风、教风、学风的好转，加上"文明礼貌月"活动的开展，进一步改变了校貌，美化了校园，整肃了校风。

学校领导对"五讲四美"活动的认识决定着活动开展的深度。为使"五讲四美"的活动落到实处，学校领导亲自调查学校现状，进行实事求是的分析，统筹安排，逐步深入。

通过分析学校的具体情况后，学校加强了对"五讲四美"活动的领导，确定活动的重点是：讲卫生，大搞室内外卫生，清除死角，绿化美化校园；讲文明，重申校纪校风，做到仪表、语言、行为、心灵四美；讲秩序，重点开展尊师爱生活动；把学雷锋、树新风、做好事贯穿始终。

在开始"五讲四美"活动之前，党中央就发出号召，在建设社会主义物质文明的同时，要加强社会主义精神文明的建设。"五讲四美"活动是建设社会主义精神文明的一项重要内容，就学校教育来说，是属于德育范畴的。

在开展活动过程中，学校领导以身作则，身体力行。凡要师生做到的事情，学校的领导一定要带头做到，力求成为师生的表率。

"文明礼貌月"开始时，学校党支部组织中层以上干部，清扫卫生死角，带头抓难点，解决老大难，用实际行动带动全校师生。

在尊师爱生的热潮中，党支部要求教师"关心每一个学生成长，特别要关心差生的成长"，全校18个党员自动分头帮教全校18名受过校纪处分的后进生。通过谈心、家访、文化补课、密切感情等办法，使后进生得到一定的教育和转变。

在党员的带动下，全校出现了教师全面关心学生的良好风气。

教师是办好学校的依靠力量，充分发动教师积极参加，并组织指导学生开展"五讲四美"活动，是使这一活动深入扩大的重要环节。教师发动得愈充分，"五讲四美"活动就开展得愈有声有色。

在开展"文明礼貌月"活动中，二十六中注意狠抓教师的发动，要求学生做到的，先要求教师做到。当学生积极开展为学校、为集体、为教师做好事，为社会送春风时，全校教师也纷纷行动起来，为同学理发、缝补衣服、家访、补课等。

同时，老师也都树立为学生服务的思想，全面关心学生的健康成长。老师的一言一行成为学生的表率。老师间也都互相关心帮助，用良好的道德、情操处理好同志间的关系。教师人人都订立"为人师表爱生公约"，涌现出了很多"爱苗苗"的动人事迹。

有老师曾说:"要把这一活动作为打开师生美好心灵的金钥匙,进行共产主义道德品质教育的好课堂。"

通过"五讲四美"活动,教室、办公室经常保持窗明几净,室内外基本无纸屑,无痰迹。凡能绿化的地方都种上了花草树木。教学秩序良好,初步形成了讲文明、守纪律的良好风气。

全校师生的精神面貌发生了显著变化,思想觉悟和道德水准有了较大提高,好人好事不断涌现,教师之间、师生之间、领导与被领导之间的团结大大加强。

在南京市教育系统文明月总结表彰大会上,二十六中受到了有关部门的表扬。

学校开展育人活动

为了使"五讲四美"教育持久地开展,荣县中学把"五讲四美"活动同课堂教学有机地结合了起来。

各科教师在备课时认真发掘教材的思想性,在讲课时既传授知识,又进行思想教育。

学习《荔枝蜜》时,老师引导学生通过阅读课文受到感染,激发他们立志做一个"心灵美"的人。

学习《岳阳楼记》时,老师引导学生了解作者"先天下之忧而忧,后天下之乐而乐"的政治抱负和积极的社会意义,培养自己为党为国为民分忧和助人为乐的精神。

各年级都安排学生写《向雷锋同志学习》《谈人生》《谈心灵美》《我爱我的祖国》等作文,并通过讲评,帮助学生正确认识什么是心灵美、语言美、行为美和环境美。

教师也言传身教,以身作则,严格执行课堂常规。学校规定,教师上课不迟到,讲课举止要文明,语言要简练、干净,板书要整齐工整,绘图要准确,使用教具要恰当。学生起立行礼时,老师要恭敬还礼。

同时,要求学生回答问题时要面向老师,站立要端正,答完后老师叫坐才坐,下课时让老师先走。课堂就成为培养学生文明礼貌习惯的重要场所。

荣县二中注重发挥共青团、少先队、班委会的作用,组织开展多种形式的文娱、体育、科技等活动,使学生从中受到陶冶,培养高尚情操,促进良好风气的形成。

在全校开展的"学雷锋、树新风,做建设社会主义精神文明先锋"主题活动中,要求学生重温一次雷锋事迹,学习一次《学生守则》,定一个文明礼貌公约,做一件好事,参加一次公益活动,读一本课外书籍,搞一项科技小实验。

与此同时,全校还举行了以学雷锋为主题的文艺晚会,少先队在烈士墓前举行了"做革命事业接班人"的主题队会。团组织举办了"做一个合格共青团员"的主题团会。

学校还开展每周一歌活动,教唱有关学雷锋的歌曲和"五讲四美"文明礼貌歌。

各班结合学生思想实际开展各种活动,全校先后成立26个学雷锋小组,做了大量好事。

在开展文体活动的过程中,要求学生进场要互相握手,要向观众致敬。在比赛中要坚持友谊第一,比赛第二,胜不骄,败不馁,要和队友密切配合,要勇敢顽强,不怕苦和累。

在田径比赛时,教育学生要服从指挥,遵守规则。在看演出和集合时,要求学生每看完一个节目和听完一次报告都要鼓掌。

在分发电影票时,要把好票留给别人,差的留给自己。

荣县中学同时注意从一点一滴的小事抓起,培养学生的文明礼貌习惯。

为了加强对学生特别是住校生的生活管理,学校制定了文明礼貌10条暂行规定,从吃饭、穿衣、睡觉、环境卫生等多方面给学生提出了明确、具体而又切实可行的要求。

学校把公共地区、男女生宿舍和厕所进行区域划分,把责任落实到班,由校医室和体卫领导小组负责定期检查。

学校安排值周老师三餐开饭时到食堂维持秩序,发现学生不自觉排队、不尊敬工人师傅、不爱护小同学或不爱惜粮食的,就当场教育。

为了使学生在宿舍不说粗话、脏话,不打闹,能按时休息,组织男女老师专门负责学生的生活管理,学校领导、值周老师也早晚到宿舍查看。

通过"五讲四美"教育,同学们的精神面貌发生了可喜的变化。争取进步,积极向上的人多了;关心集体,助人为乐,拾金不昧的人多了;团结友爱,讲文明礼貌的人多了。学校好人好事不断涌现,教学秩序有条不紊,呈现出朝气蓬勃的景象。

教师用爱心教育学生

1981年12月28日，出席全国中小学工会思想政治工作经验交流会的全体代表发出《建设社会主义精神文明，开展"五讲四美"为人师表活动》的倡议书。

在"倡议书"中，代表们倡议在全国教育工作者中进一步开展"五讲四美"为人师表活动，做社会主义精神文明建设的积极建设者。为此，倡议教育工作者做到：

一、热爱党，热爱社会主义祖国，热爱教育事业，热爱学生；

二、教书育人，全面贯彻党的教育方针，关心全体学生的健康成长；

三、勤奋学习，精通业务，改进教学方法，提高教育质量；

四、道德高尚，严以律己，言传身教，为人师表。

荣县中学的蔡霞飞老师就是全国"五讲四美"为人师表活动的先进个人。在荣县中学人们都叫她"彩霞飞"，因为她有着彩霞般的美好心灵。

在夏天，人们经常看到一个20岁左右的姑娘，沿街自言自语，边走边说：蔡老师真好，蔡老师是我的"班妈妈"。有时甚至逢人就叫："班妈妈，你好！"

这是一个因丢钱而患了精神病的姑娘，五年前曾是蔡霞飞班里的学生。那时她家里经济条件差，生活有困难，成绩也不好。

蔡老师舍得在她身上花心血、下功夫，从各方面给予她关心帮助，她才得以读上高中。

有一天突然下起雨来，蔡霞飞在街上看到这个女学生全身被雨水湿透了，便把她带回家里，拿出自己的衣服和鞋子给她换上，又帮她洗了脏衣服，还留她吃了晚饭。她无比激动，深情地叫了声"班妈妈"。感人至深的母爱让这个姑娘久久不能忘怀。

母爱是细致入微的，孩子的一言一行都牵动着母亲的心。母爱也是宽厚的，不分成绩好坏。蔡霞飞爱学生，更爱那些被视为"无可救药"的差生。

1980年，班里来了一个抓吃、打架、抽烟、赌博样样在行的留级生。多数学生对他畏而远之，蔡老师却主动亲近他、关心他，经常找他谈话。

蔡老师发现他爱好体育活动，就推荐他参加班篮球代表队；发现他有时比较热心做公益事情，就在全班当众给予表扬。

蔡老师的爱心，慢慢地消除了这个学生的戒心。

在这个基础上，蔡老师又用本校毕业生走上社会后出现的正反典型事例教育他，使他认识到自己过去所走的道路是危险的,并为他"开小灶"补课。

在蔡老师的帮助下,经过一年多的努力,这个学生有了很大转变,并以优良的成绩考上了重点高中。

人们赞美彩霞,在铺满彩霞的道路上,学生们都能健康成长。

沈阳市十一中学的葛朝鼎也是一位为人师表的先进教师。

葛朝鼎说:"教师是社会主义精神文明的建设者,肩负着培养和造就一代有理想、有道德、有文化、有纪律,德智体全面发展的社会主义新人的光荣任务。实践使我深深地体会到,教师只有以身作则,充分发挥表率作用,才能更好地完成党和人民的嘱托,为培养一代新人作出贡献。"

他还说:"教师以身作则,发挥表率作用,就要热爱教育事业,热爱学生,全心全意为学生服务,关心每一个学生的健康成长。这是共产主义道德在教师职业活动中的集中体现,也是教师心灵美的重要标志。"

他的班里有一名男同学,只关心学习,不关心集体,也没有入团的要求,他认为做人不对别人使坏就是最高尚的了。葛老师多次找他谈心,均无效果。1982年春天,葛老师给全班每个同学送了个花盆,希望他们亲手培育了一盆花,毕业时作为献给母校的礼物。

同学们感到这是一件寓意深刻的事,都精心培育一盆最美最好的花,唯独这名同学无动于衷。

如何帮助他进步,使其健康成长,成了葛朝鼎老师的一块心病。

暑假时葛老师到江苏、浙江两省学习。在参观岳飞墓时，看见有卖米兰花的。他想，如果为这位同学带回一盆米兰花，或许会对他的思想有所触动。

于是，葛老师赶紧跑去买了一盆，经上海带回沈阳。

葛老师到校后对那位同学说："我这次去南方，为你带回一件礼物，希望你能收下。"

那位男同学一听愣了。

葛老师接着说："我这次有机会到了岳飞墓，很有感触，在那里为你带回一盆米兰花。米兰花是很芳香的，希望你能理解老师的心意，收下这份礼物。"

这位同学终于动了感情，脸红了，低声对老师说了声"谢谢老师"，并答应一定把它养好。

经过多次帮助和教育，这位男同学思想上有了明显的进步，他郑重地向团支部递交了一份入团申请书。

每次外出，葛老师心里都想着同学们，为他们带回几本书或其他有教育意义的礼物。

有一次，在上海参观中国共产党的"一大"会址时，葛老师为同学们带回一些纪念章，鼓励他们奋发向上，永远跟党走。

在去日本参加教育交流会时，在京都周恩来同志的诗碑旁，葛老师采集了岚山枫叶带回来。在新年晚会上，作为礼物赠给了同学们，引导他们像周恩来那样，为中华之崛起而读书，为社会主义现代化事业而英勇奋斗。

开展教师爱生活动

1981年年底,在全国中、小学工会思想政治工作经验交流会议精神的带动下,各学校开展了以爱生"三个一"为中心的"五讲四美"为人师表活动。"三个一"即每个教师在后进生中交一个朋友;全面了解,分析一个学生;为学生做一件好事。

在四川省重庆市第五十八中学,学校工会为了开展这一活动发出了倡议,在学校党政领导的关怀下,全校教工积极配合。教师们真心实意放下架子,深入到学生中去,主动和学生一道参加各种活动,很快就和后进生交上了朋友。

师生积极交流,课外时间给学生个别辅导,学生病了,就送学生到医院看病,教师夜出家访,为住院的学生补课,背受伤的学生去上学,为病弱而经济困难的学生送营养品,为失去双亲的学生料理生活等事例大量涌现。

那种厌恶学生,大声呵斥学生,尖刻讽刺学生,要求家长责罚学生,把学生赶出课堂,要求学校处分故意与老师为难、故意捣蛋的学生的现象得到了根本改变。

教师们在这个改变中付出了大量的心血,也从这个改变中得到提升。

如语文科有一位教师,以前教育思想不够明确,对所教班的后进生十分厌恶。起初他用"约法三章"的方法对待后进生,不管用,然后改用"一压、二吓、三斥、四罚"的手段来维护自己的尊严,常在课堂上用刻薄的言辞,无情地挖苦讽刺调皮学生,有时还将他们推出教室。这样,这位老师与学生的情绪越来越对立,关系更加紧张。

这些学生甚至故意同老师叫板,惹他生气,教学效果受到极大的影响。为此,这位老师非常苦闷,也很急躁。

在爱生活动中,这位老师着重从主观上找了原因,主动放下教师架子,走到学生中去,尊重学生的人格,与学生平等相处。他选择了曾被他多次挖苦,3次被他推出教室,与他关系最为紧张的一位同学交朋友。

开始时,这个学生并不领情,反而说:"你要同我交朋友,怪事!我的朋友多得很,不稀罕。"

这位老师不放弃,还是寻找各种机会同他接触,找他说话,可是,他总把头扭向一边,不予理睬。

这位老师为了改善与学生的关系,决心以与他交朋友为起点,公开向学生检讨自己不尊重学生,对学生简单粗暴的缺点,诚恳地希望学生帮助批评自己。

除了在课堂上对这些学生耐心教育外,还在课后对他们细心辅导,并主动登门拜访,深入了解全面情况,认真寻找他们身上值得表扬的因素。

这位老师发现这位同学具有勇敢、直率、重情谊等长处，公开给予肯定，并说明这就是要与他交朋友的可贵基础。

这位老师不怕"碰壁"，坚持与他频繁接触，找他谈心，关心他的学习，听取他的意见，坚持不懈，终于拨动了这位同学的感情之弦，取得了他的信任，彼此消除了隔阂，沟通了思想，建立起了良好的师生关系。

这位同学向老师说出了心里话："以前当你在训斥挖苦我时，虽然我没开腔，其实心里是很恨你的，根本不服。你把我从教室推出的时候，我心里真气愤极了，不是想到你是老师，我真想用拳头打你一顿。你以前挖苦我，说我脸比城墙还厚，指责我是朽木不可雕，你可能以为我什么都不懂，其实我感到非常伤心。我也有思想，也有自尊心，对老师也有评价。现在你改变了对我的看法，亲近了我，平等对待我了，尊重我了，知道了你是真心爱护我的。我也是有感情的，我不再恨你了，你的话我听得进去了。""我读了这么多年书，第一次体会到了老师对我的爱。"

听了这些肺腑之言，这位老师十分感动，深深认识到，这样的学生，是值得教师爱护的。

这位同学在老师的关心爱护下，迅速变化着，表示"自己要无愧于当一个人民教师的朋友"，不再与社会上的不法青年交往了，不再参加打架斗殴了，晚上也不外出乱窜，而是在家学习或帮助父母做家务。在校遵守学校纪律，上课专心听讲，课后能按时完成作业。这位老师的教学效率得到显著提高。

这位老师对学生的爱，换来了学生对老师的尊敬、关心。老师病了，这些学生前去看望，问这问那，师生关系非常融洽。

这位老师在总结经验时还谈到："教师要在学生面前放下架子，特别是主动找情绪对立、过去被自己所厌恶的学生消除隔膜，建立信任，真要下一番决心，鼓一番勇气，坚持不懈才行。为了接近这个同学，我曾多次找机会同他谈话，他都故意回避，要么不予搭理，要么有意顶撞，使我下不了台，感到脸发烧。但是，我哪怕心里十分难过，还是要去接近他，逐渐发现了他身上存在着的优点，看到他也觉得顺眼了，对他的感情也比较自然了，我这份情，最终被他领受了。"

四、行业新风

- 崇文门第二旅馆的职工每天为旅客做了多少件好事，是很难统计的。像董文利做的这件好事，是因为那位父亲回到家中写来感谢信之后，大家才知道的。

- 在夏令时节，公司还组织管理人员为行车人员递毛巾、送茶水。据统计，在一个暑期，光茶叶就用了120多公斤。

- 一件件为民排忧解难的小事，犹如一阵阵温暖的春风，通过杭州轮渡公司吹向四面八方。

个体工商户提高觉悟

1981年5月,黑龙江省佳木斯市工商行政管理局决定在个体户中开展"五讲四美"活动,让个体户也积极参与"五讲四美",提高优质服务。

根据个体工商业户的具体情况,在行政部门的指导下,佳木斯市个体户制定了具有自己独特特色的"五讲四美"内容。

"五讲"的内容是:

讲文明经商,讲礼貌待客,讲清洁卫生,讲遵纪守法,讲社会公共道德。

"四美"的内容是:

心灵美,要求做到拥护中国共产党的领导,自觉遵守政府制定的各项政策法令,坚持社会主义经营方向;

语言美,要求做到对待顾客和气、文雅,来有迎声,去有送语,有问必答,不讲粗话,不恶语伤人;

行为美,要求做到不抬高物价,不缺斤少

两,公平交易,如实向政府报告经营情况,按时缴纳税金和管理费,维护社会秩序,勇于同坏人坏事作斗争;

环境美,要求做到营业场地整洁,不乱扔废物,不妨碍交通,不损害公共设施和花草树木。

为了推动这一活动的开展,佳木斯市工商行政管理局召集112名骨干分子,给他们进行相关内容的培训。旨在通过他们带动"五讲四美"活动的开展。

同时,帮助各行业建立起好人好事登记簿,制定月检查、季评比和年终奖励等多项制度。另外,还先后三次召开现场会,推广先进单位的经验。

通过开展"五讲四美"活动,佳木斯市工商个体户端正了经营思想,提高了服务质量。个体工商户的社会主义觉悟有了很大的提高,偷税漏税、抬高物价等违法经营现象大大减少。

1981年下半年,全市工商个体户向国家缴纳的税金和管理费比上半年增长70%。经营烟酒、杂食、修理、服务业的个体工商户,基本都能做到明码实价,积极接受群众的监督。为了总结经验,交流经验,鼓励先进,佳木斯市人民政府召开了奖励大会。

在奖励大会上,政府表彰了个体工商业户在"五讲四美"活动中涌现出的10个先进集体、47名先进个人和19名行业积极分子。

开展文明礼貌服务

在《关于开展文明礼貌活动的联合倡议》中,对"窗口"行业提出了特别要求:

各行各业都要把自己的业务活动和日常工作同"五讲""四美"联系起来。商业、服务业和交通运输部门,是社会文明风尚的"窗口",这些部门的职工要把"文明经商、礼貌待客、方便群众"作为自己为人民服务的主要标志,使人民群众处处感到党和社会主义祖国的温暖,并以自己的模范行为影响他人,影响社会。

北京崇文门第二旅馆在开展"五讲四美"活动后,他们的服务工作有了新发展。一位采访过崇文门第二旅馆的记者讲述了自己的采访经历:

当记者打电话联系采访第二旅馆时,"嘟——嘟——嘟——"等了快半分钟,也没人接电话。

正当记者感到总机的服务态度让人失望时,话筒里突然传来了电话员温柔的声音:"您好!刚才我去端饭,让您久等了,实在对不起。您找谁?"

亲切的问候、诚恳的歉意，顿时让记者疑虑全消。

电话员告诉记者，凡是打电话的人都怕态度不好，不给接线。所以旅客打电话时说话总是很客气，不敢得罪电话员。

在这种情况下，电话员在接线时，要特别注意尊重、体贴对方，多使用文明语言。

接听电话先问"您好"；需要对方帮助找人时表示"谢谢"；通话结束后讲"再见"。这样，虽然彼此见不到面，却依然能沟通感情，彼此建立信任，可以消除打电话人的顾虑。

像总机电话员这样尊重和体贴旅客，在这个旅馆的服务员中早已形成风气。

为了更好地服务旅客，更好地配合"五讲四美"活动在旅馆的开展，第二旅馆的服务员开展了"假如我是一个旅客"的活动。

从"假如我是一个旅客"出发，让每个服务人员细心体会旅客的需要、困难和心理，并以此制定相应的服务措施，让各地旅客即使身居异乡，也能感到就像在家里那样方便，那样温暖。

为了让旅客处处感到方便、舒适、温暖，第二旅馆还制定了44项服务措施，内容详细具体，为旅客想得可算是体贴入微。

对于旅客的称赞，第二旅馆的经理李洪才曾对采访他的记者说："旅店服务大有学问，别说40多项，就是

400多项,也不能包括四方旅客的所有需要。要搞好文明服务,最根本的还是靠服务人员为人民服务的精神,共产主义的高尚品质和助人为乐的风格。"

第二旅馆的青年服务员都能把做好服务工作,为旅客分担忧愁、烦恼和困难,当作自己的责任。通过给旅客服务,自己也从中感到一种高尚的乐趣。

1982年春天,一位辽宁省旅客带着女儿来京看病。

在医院检查时,发现女孩得的是骨癌,而且已到了晚期。

大夫对女孩爸爸说:"不用治了,这孩子想吃什么,就买点什么吧。"

这位十二三岁的女孩,不知道自己很快就要离开这个美好的世界。她心疼花钱,闹着不让爸爸给她买好吃的。

看着自己懂事的女儿,爸爸的心里就更难受了。临走时,他又发现回家的路费不够了,哪里还有钱给孩子买好吃的。做父亲的禁不住抱头痛哭。

服务员董文利听说这件事后,二话没说,就把身上仅有的10元钱送给了他,让他给孩子买点营养品吃。

崇文门第二旅馆的职工每天为旅客做了多少件好事,是很难统计的。像董文利做的这件好事,是因为那位父亲回到家中写来感谢信之后,大家才知道的。

第二旅馆职工热情周到的服务和文明礼貌的态度,赢得了旅客的高度称赞。据统计,在1982年9月份的25

天内，第二旅馆收到的感谢信件及表扬留言就有 1388 件。

来信中，有的赞扬他们助人为乐的风格，有的赞扬他们把党的温暖送到了旅客的心上，还有的赞扬他们是建设社会主义精神文明的榜样。

一位常在第二旅馆住宿的东北旅客在来信中写道：

> 在家千日好，出门一时难。可是，住在这里，就没有这类烦恼。这里的服务员准备了针线包，为旅客钉扣子。旅客的衣服脏了或破了，她们也代洗代补；皮鞋脏了，服务台备有刷子、鞋油，旅客没有时间，服务员也可以代擦皮鞋；假如你生了病，服务员会送你到医院，帮助护理、煎药、送饭到床头；你要外出办事，服务员会告诉你地址、乘车路线。

商业道德是整个社会道德的一个重要组成部分。一买一卖之间，体现了我们的社会道德风尚。

在深入开展"五讲四美"活动中，讲求商业道德，搞好文明经商，不仅是广大消费者的迫切要求，也逐步成为广大商业工作者的自觉行动。

不少商店、菜场、饭馆、旅社、货栈，把"五讲四美"列为企业管理和劳动竞赛的内容，文明经商，礼貌待客，买卖公平，涌现了一大批优秀营业员、服务员和先进单位。

山东省荣成县石岛供销社百货大楼也积极开展"五讲四美"活动。

在活动开展初期,由于对工作重视不足,只见打雷不见下雨,售货员的服务状况没有多大的变化。

商店领导认真听取了群众的意见后,认为要切实提高文明服务水平,绝不能仅仅走过场、图虚名,必须哪壶不开提哪壶,重点抓好售货员的基本功训练。

石岛是大型渔港所在地,过往渔民很多。由于不少渔民性子急、嗓门高,售货员普遍觉得他们"难侍候",服务起来自然也不上心,态度冷淡得多。

但这些具体情况,商店粮店和职员都不了解。为了了解具体情况,制定更好的服务制度,商店领导就组织各柜组售货员到渔港送货。

通过走访、观察,他们了解到渔民在海上作业紧张,有时要和风浪搏斗,久而久之,就形成性子急、嗓门高的特点。

理解这一点后,售货员都自觉地改进服务态度,热情迎答,紧拿快放,尽量使渔民顾客满意。

列车员做旅客的贴心人

湖北襄樊客运段141/142次车队,有几百名职工,担负襄樊—武昌—北京的列车乘务工作。在党的十二大精神指导下,他们深入开展"五讲四美三热爱"活动,坚持"少一事不如多一事"的精神,发扬"人民铁路为人民"的光荣传统,不断探索列车服务工作的规律和特点,一心一意为广大旅客服务,很好地完成了各项任务。

1983年,全国铁路开展进京进沪旅客快车竞赛评比,车队被评为直快三组第二名,获得铁道部颁发的流动优胜红旗。襄樊市人民政府也授予"三优文明列车"的光荣称号。在开创旅客服务工作新局面的道路上,他们迈出了可喜的一步。

要做好列车服务工作,首先必须树立热爱旅客,热爱本职工作,乐于"少一事不如多一事"的想法。

1981年到1983年,车队坚持对职工进行职业道德教育,在职工中开展了"假如我是一个旅客""什么是理想"的讨论。组织职工学习朱伯儒、张海迪等先进人物的事迹,组织列车长等生产骨干到先进列车上学经验。

这些活动开展以后,全队职工的思想素质不断提高,逐渐认识到服务工作的重要性,增强了当列车员的责任感和光荣感,服务质量也提高了。1983年,全队职工就为旅客做好事5093件,重点照顾了4251人,中央和地方的报纸、电台都报道过车队的事迹。

车队的列车是每天进京的第一趟车,旅客超员率经常在50%左右,高峰期时达到70%以上。旅客乘车面临"上车难、找座难、喝水难、吃饭难、用厕难"的情况,他们制定了针对措施,坚持"全面服务,重点照顾"的原则,采取了"十送",即为旅客送水、送饭、送针线包、送药、送文娱用品,为无座旅客免费送超员凳,在夏天天气热的情况下,会为挤在无风处的旅客送扇子,为软卧首长、华侨、外宾送擦手毛巾,送行动不方便的旅客上厕所、下车,送香烟、袋茶、饼干等服务方法,深受旅客的欢迎。

有一天天气特别热,服务员孟庆萍正忙着给旅客送开水,一位老大娘拦住了她,说:"同志,这水里怎么有股怪味呀?"小孟惊讶地说:"不会吧?"旁边的几位旅客也都附和,说:"不信你尝尝。"小孟接过杯子尝了一口说:"哟!甜的。"旁边的旅客此时都笑了。

小孟后来才知道,旅客们看到她辛苦地为大家送水、扫地,累得满头大汗,劝她坐下歇会儿和尝尝土特产,她都不肯,这才使出了妙计,请老大娘出面泡了一杯糖水,让她喝口水,坐下来歇歇。

1983年冬天,142次列车专门运送新兵。有一次,200多位解放军战士从江岸西站上车了。那天正好下大雨,雨水淋湿了战士们的裤子和鞋袜。上车以后,许多新战士冻得直打哆嗦。

当班车长看到这种情况后，立即召集有关人员商议，决定利用现有条件想办法保证子弟兵的身体健康。他们马上煮了几桶姜茶，由服务员送到了车厢。茶炉工和行李员在自己取暖的锅炉间拴上了铁丝，将战士们脱下的湿鞋湿袜，在锅炉间轮流烘烤。用了近15个小时，才把200多双鞋袜全部烤干。

为了让新战士在旅途上过得愉快，服务员送去了象棋、军棋、扑克、书刊等娱乐用品。战士们说："你们真是我们学习的榜样，我们一定练好本领，保卫祖国。"

带队的首长也十分感激地说："我接新兵近20年，头一回碰到这样好的工作人员。"

搞好全面服务工作的同时，车队还重点关照有特殊困难的乘客，使他们在为难之际，更深刻地感受到党的关怀，感受到社会主义制度的优越性。

1983年12月9日，141次列车从首都出发，窗外寒风刺骨，车内却温暖如春，列车员杨小磊在车厢里亲切地为每位乘客送开水。当他送到车厢最后一排座位时，发现一位大约30岁的男同志心事重重。一遍水送完后，小杨主动来到他的身边同他交谈起来。

交谈后才知道，这位旅客是河南省长葛县后河公社王买农机厂的工人，名字叫刘双牢。这次因为公事到东北出差，返回途中钱已用光，无奈只买了到石家庄的车票，并且已有两餐没有吃饭了。小杨马上将这一情况向副车长蒋宏作了汇报。

蒋宏给刘双牢买来一份饭,对他说:"身体要紧,先吃饭,你有什么困难我们共同来解决。"一路上,小杨进一步了解到刘双牢所在农机厂离长葛站还有20多公里山路。小杨心想,141次到长葛站是23点38分,刘双牢下车后身上没有一分钱,如何追补火车票?又哪来的钱搭汽车回家?半夜住宿问题又怎么解决?

想到这里,小杨从身上掏出10元钱给刘双牢补了石家庄至长葛的车票,又拿出5元钱交给刘双牢,让他作为下车后住宿、吃饭买汽车票之用。

刘双牢热泪盈眶,十分感激地说:"同志,你真是人民的好列车员,俺一辈子也忘不了你!"后来,刘双牢从王买农机厂寄来了一封热情洋溢的感谢信。

对于一些粗暴无礼的乘客,襄樊客运段141/142次队坚持这样5条原则:你有气,我热情;你发火,我耐心;你粗暴,我礼貌;你误会,我解释;你责怪,我周到。用这样的服务态度来感化、教育那些不文明的旅客,用实际行动宣传社会主义精神文明。

车队曾流传过一个"二气刘玉梅"的故事。有一次,列车员刘玉梅正在打扫车厢,一位旅客上车后,一边找座位一边吐痰,一口痰吐到了小刘的脸上。

旅客们以为小刘一定会生气发火,但小刘只是默默地用手帕擦去痰迹。旅客们以为那个吐痰的人会向小刘赔个不是,哪知他却扬长而去。

有几位青年上前拦住了那个吐痰的人,非让他道歉不可。这时,小刘走到他跟前,心平气和地批评了那位旅客。旅客们都称赞小刘的服务态度好。

　　又一次,一位年轻的旅客上车后不停地嗑瓜子,还把瓜子皮丢在地上。小刘前去清扫了好几遍,并耐心地说:"瓜子皮不要丢在地板上,请放在茶几上。"

　　那位青年不听劝告,反而说:"我们不扔在地板上,要你们列车员干什么?"

　　小刘还是劝他要注意列车的环境卫生,青年发火了,随手将烟头扔向小刘。

　　这时,小刘还是克制自己,耐心地进行说服教育。

　　旅客们看到这个情景,纷纷指责那个青年。事后小刘还是一样为那个青年送水,使他羞愧不已。旅客们都说,列车员用行动给这个青年上了一堂"五讲四美"课。

　　乘务人员提高了服务质量,受到了广大乘客的称赞。清华大学的一位教授在乘坐141次列车后,写下了一首赞美诗:

　　　　人说青年志向小,疯疯癫癫尽牢骚;
　　　　此行乘车去武昌,我观列车多英豪!
　　　　挥汗如雨往返跑,端茶送水功劳高;
　　　　欲问青年名和姓,141/2风华茂。

开展教育青年活动

1981年3月,全国人大五届四次会议在北京召开。在会上,部分代表联合提出倡议,把每年的3月份作为"全民文明礼貌月"。

1982年2月14日,中共中央办公厅根据中央书记处的指示,转发了中共中央宣传部《关于深入开展"五讲四美"活动的报告》。

中央书记处的指示说:

"五讲四美"活动是目前建设社会主义精神文明的一个重要组成部分,全体共产党员、共青团员、国家干部一定要在这个活动中做全国人民的表率,中央希望在开展群众性的"五讲四美"活动中,使党风和干部作风有一个显著的转变。

中国人民银行总行向全国各省、市、自治区分行发出通知,要求各级人民银行根据党中央和国务院关于大力加强社会主义精神文明建设的号召,认真贯彻"五讲四美"的要求,深入持久地开展文明礼貌服务活动。

银行的储蓄、信贷、保险和会计出纳部门,与各部门、各单位、广大人民群众有着直接的接触和广泛频繁的联系，是人民群众了解银行和银行干部的窗口，也是人民群众体验我们的社会主义新风尚的场所。

因此，通知要求：

各级人民银行要切实搞好思想发动工作，动员和组织全体银行干部、职工，认真贯彻"五讲四美"的要求，紧密结合当地的具体条件和各项银行业务工作的实际，扎扎实实地开展文明礼貌服务活动。

为了有效地开展工作，通知作出重要工作部署：

一、模范地遵守国家政策、法令，认真贯彻诚信工作的要求

所有的银行干部、职工，都要坚持四项基本原则，按照党和国家的方针政策办事，做到品行端正，作风正派，不吃请受礼，不受贿索贿，不搞歪风邪气的贷款，不利用银行资金支持走私贩私、投机倒把等犯罪活动。敢于正确反映情况，同坏人坏事作斗争，勇敢保卫国家财产和银行库款安全。

二、使用文明语言，提高服务质量

所有银行干部、职工，特别是对外营业工

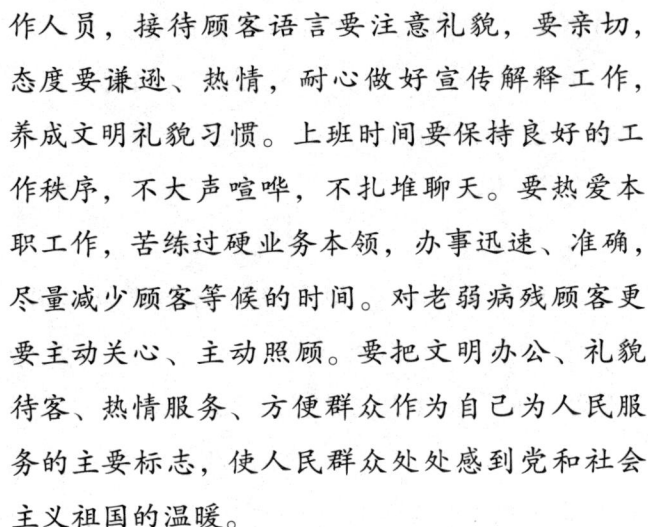

作人员，接待顾客语言要注意礼貌，要亲切，态度要谦逊、热情，耐心做好宣传解释工作，养成文明礼貌习惯。上班时间要保持良好的工作秩序，不大声喧哗，不扎堆聊天。要热爱本职工作，苦练过硬业务本领，办事迅速、准确，尽量减少顾客等候的时间。对老弱病残顾客更要主动关心、主动照顾。要把文明办公、礼貌待客、热情服务、方便群众作为自己为人民服务的主要标志，使人民群众处处感到党和社会主义祖国的温暖。

三、讲究清洁卫生，整顿对外营业厅（室）的面貌

要切实搞好环境卫生和个人卫生，规劝、制止随地吐痰等不良习惯。对外营业厅（室）布置要大方、健康，各种设备、用品要摆放适当。营业厅（室）内要给顾客留有一定的活动范围，根据条件设置适当的座位，摆放业务宣传品和其他内容健康的宣传品。在有条件的地方，要利用周围空地植树、栽花、种草，使整个环境面貌有比较明显的改观。

中国人民银行上海分行根据总行的通知精神，结合各团支部，根据青年的特点，积极组织讨论，研究措施。经过多次研究讨论，决定通过开展"十个一"的活

动来进行"五讲四美"活动。

"十个一",即开一次青年动员会,组织一次美化环境大扫除,学唱一首有关"五讲四美"的歌曲,讲一个爱国主义人物的故事,看一本历史书籍,看一场"五讲四美"内容的电影,进行一次遵纪守法、讲行为美的专题讨论会,集体做一件好事,出一期黑板报,以及配合党支部召开一次经验交流会。

在开展"十个一"活动时,分行团委注意抓好的典型。为了树立典型,激励后进,分行团委重点抓了热爱本职工作,文明礼貌服务,勤奋学习,苦练基本功,热爱团的工作,正确对待恋爱婚姻,做好事,助人为乐,同违法分子作斗争,以及后进转化为先进等方面的典型。

活动开展以来,分行青年们的精神面貌、工作面貌发生了显著的变化。

"十个一"活动开展后,原来那些后进的青年受到先进典型的影响,开始要求上进,很多以前没有写过入团申请书的也都向团支部交了入团申请书。

助人为乐、争做好事的人每天都有很多。有记录显示,在短短的一个月内,分行83个团支部的团员、青年做的好事就接近2000件。还有很多青年做了好事不愿留下姓名,成为无名好人。

关心集体、团结互助的人也多了。很多青年每天提早上班,抢着打扫卫生,有的人利用休息时间为职工群众义务理发、裁剪、修自行车等等。

见义勇为的事情也逐渐多了起来。比如静安区银行办事处青年李志强回乡探亲时，家乡突然遇到水灾。他不顾自己正在发着高烧，下了床就投入到抗洪救灾的斗争中去了。

勤俭持家，节约办婚事的也层出不穷。有的青年结婚，不讲究老礼儿，给自己订立"五不"新婚俗：一不收礼品，二不办筵席，三不送喜糖，四不办嫁妆，五不坐轿车。

活动的开展也推动了本职业务工作的改善。通过"五讲四美"活动，大家更加热爱本职工作，认真钻研本职工作。很多人利用休息时间学习业务技术，努力提高工作能力和业务水平。

同时，团委还组织团员和青年参加"五讲四美"的摄影、书法、篆刻、征文、黑板报、图片等相关比赛活动。比赛活动结束后，评选出优秀作品进行展览，鼓舞更多的人参与到"五讲四美"活动中来。

除此之外，分行还把"五讲四美"活动同如何做合格的共青团员教育、银行小行家活动、成立青年服务队以及"学历史，爱祖国"等各种活动结合起来，把"五讲四美"活动更进一步深入持久地开展下去，努力使"五讲四美"成为每个青年自觉的长期的行动。

干警为群众做好事

1982年2月14日,中共中央办公厅根据中央书记处的指示,转发中央宣传部《关于深入开展"五讲四美"活动的报告》。

在"报告"中,特别强调每年"全民文明礼貌月"中要做好三件事:

(一)搞好环境卫生,解决一个"脏"字。着重抓闹市区、旅游点、车站、码头、机场、剧场、楼群、居民大院等公共场所,力求做到清洁、整齐、美观,同时使最不文明、最不卫生的角落和地段面貌有较大改观。

(二)整顿公共秩序,解决一个"乱"字。搞好交通秩序,做到文明乘车,顺序上下,扶老携幼,安全礼让。在影剧院、体育场(馆)和其他公共活动场所不起哄、不打闹,人人做文明观众。

(三)提高服务质量,解决一个"差"字。发动营业员、服务员、司机、售票员、医护人员、民警等在树立文明礼貌新风中起模范作用,做到说话和气,礼貌待人,优质服务。同时要向群众宣传尊重服务人员的劳动，支持他们的工作。

从全国开展"五讲四美"和"文明礼貌月"活动以来，济南市公安机关就在内部展开教育活动，积极响应中央精神，把建设精神文明作为大事来抓，公安干警的精神面貌发生了可喜变化，好人好事不断涌现。

孙德胜是交通一中队四班年轻的班长，他所在的四班是文明值勤的先进集体。

孙德胜带头行动，争作表率。在整顿交通秩序工作中，他轮流到三个点和班里的干警们一起值勤，见到违章者他主动上前先敬礼，以文明礼貌语言说服教育违章人员，纠正违章行为。孙德胜的文明执勤行为得到了群众的广泛称赞。

不仅如此，孙德胜在工作上积极负责，即使是节假日也从不休息。在结婚假期，他也放弃回家，坚持值勤。

作为济南市青年积极分子代表之一，在新年前夕，孙德胜参加了青年积极分子代表大会。等到会议一结束他又精神饱满地上了岗。

榜样的力量是无穷的。在他的带动下，全班民警都自觉地纠正违章先礼后言。在短短的时间内，全班值勤数以万计次的纠正违章中未发生争吵等现象，四班值勤的泉城路繁华地段一直秩序良好。

大观园派出所地处闹市，治安任务繁重。派出所领导以身作则，带领全体干警深入联系群众，发扬遵纪爱民的优良传统。

在接待群众来访工作中，大观园派出所一改过去那种"门难进，脸难看，话难听，事难办"的旧习，做到来有迎声，走有送声，办事诚心，遇到难题耐心，处理问题细心。

在爱民月活动中，大观园派出所积极准备，认真应对，把安全预防工作做在前面。他们深入住户，走街串巷，为居民检查煤气设备，进行安全教育。为了防患于未然，派出所又自己出钱，派人到外地买来一吨半干粉灭火剂，连夜分包送到各家各户。

大观园派出所的爱民之举赢得了辖区居民的高度称赞，居民把他们看作自己的亲人，有什么事都到派出所和民警谈，有什么情况都积极去报告。

据当时的媒体报道称，济南市广大干警在开展"五讲四美"活动以来做了大量的好事，据不完全统计，救死扶伤、扶老携幼、引路寻亲、拾金不昧、拒绝受贿和参加义务劳动等各类先进事迹达1万多件，收到的感谢信和表扬信更是数不胜数。

济南市广大公安干警，积极开展"五讲四美"活动，做出了文明值勤、遵纪爱民等实际行动。与此同时，良好的社会风气也逐渐形成，社会秩序也一天比一天好。

轮渡公司为民解忧

杭州西湖美景吸引着全国各地的游客。作为杭州客运窗口之一的杭州轮渡公司，积极提供优质服务，开展"五讲四美"活动。

杭州轮渡公司经营管理的钱塘江汽车轮渡，担负着为钱江大桥分流、渡运货运机车、改善杭州南北交通紧张状况的任务。

职业道德教育是社会主义初级阶段沟通人际关系的纽带。从"窗口"行业的社会性来说，提高轮渡职工的职业道德修养和职业道德水准，更具有特殊的意义。

基于这一认识，杭州轮渡公司在开展"五讲四美"活动时，坚持精神、物质两个文明建设一起抓，把职工的职业道德教育当作公司大事来抓，以此促进优质服务和精神文明建设。

"忠于职守、精益求精、方便他人、服务社会"，这是杭州轮渡公司在开展"五讲四美"活动中在干部职工中树立的新思想观念和新道德风尚。在努力搞好安全渡运和优良服务工作的同时，较好地体现"窗口"行业的社会功能。

为了提高服务质量，让乘客满意，杭州轮渡公司设立了免费供应茶水、方便客饭、医药保健、电焊气割、零星修理、故障车拖拉、轮胎充气、工具出借等8个"为您服务"的项目。

在夏令时节，公司还组织管理人员为行车人员递毛巾、送茶水。据统计，在一个暑期，光茶叶就用了120多公斤。

此外，每当遇到外地车辆断油求援、缺钱借款，公司都想方设法帮助解决。一年多的时间里，帮助修车221辆，方便途中就餐620余人次。

职工这种急人所急，排忧解难的动人情景，深深地感动着各地的驾驶人员。

有一次，一辆安徽省庵江冷冻厂的货车过渡时，司机突然发病瘫倒在驾驶室里。值班干部听说事情发生后，立即拦了一辆过渡车，并派两名职工护送病人去医院抢救。

由于抢救及时，病人很快恢复了健康。当杭州轮渡公司的领导来医院看望司机时，司机紧握着公司领导的手说："我开了20多年车，跑了全国20多个省市，碰到这样好的单位、这样好的职工还是第一次。"

还有一次是在一天晚上，江西省抚州汽运分公司的一辆满载柑橘的东风卡车，因司机过度疲劳，在进渡口时连人带车坠入江中。

事发后，轮渡公司的40多名职工立即奔赴现场组织救捞工作。打捞过程持续了整整4个小时。在4个小时的救援过程中，没有人叫一声苦，没有人吃一个橘子。

司机和货主也都看在眼里，记在心里，当车离开码头时，两人激动得连话都说不出来。

一件件为民排忧解难的小事，犹如一阵阵温暖的春风，通过杭州轮渡公司吹向四面八方。正如轮渡公司职工说的那样：

> 钱江渡口几百米，文明新风传万里。我们的工作虽然平凡，但意义十分深远。

他们的服务，让来自各地的人们领略到"西湖风光美，杭州人的心灵更美"，更赢得了广大司机的赞誉。

一位常来杭州的司机就这样称赞道：

> 在杭州轮渡过江有三感，即安全感，畅通保证感和热情亲切感。

职工精神面貌大变样

在"五讲四美"活动中,职工的精神面貌发生了很大的改变。

在古城西安,有个小小的粮店叫马坊门粮店。粮店共有14名职工,却担负着周围11条街巷共7600多人的供粮任务。

在以前,马坊门粮店的职工也像其他行业一样,每天营业8小时,到点就打烊关门,任凭谁来买粮也都是铁将军把门。而且在开会、学习、盘点、节日、假日和搞卫生时还会"六不开门",让无数急着买粮的群众吃"闭门羹"。

由于经常"不开门",群众买粮自然很不方便。对此,大家不免有意见。

早在1969年,身为共产党员的粮店主任赵英民就决心改革这种"官商"作风,将营业时间改为从早上7时到21时两班制,除每星期三早关门安排2个小时学习外,每天营业达14小时。一年365天,天天如此,从不间断。

从此,群众到粮店,随来随买,既省事又方便。

逢年过节时,马坊门粮店还抽出部分员工,拉上各种节日供应商品,走街串巷,流动服务,为群众的生活提供方便。

马坊门所属街道有很多军烈属、老红军、老干部和"五保户"。由于上了年纪，来回很不方便。针对这种情况，马坊门粮店的职工特别安排人手，按月给辖区的81户这样的买粮困难户送粮上门。

考虑到患病群众配药用粮的特殊需要，粮店还专设了"配药用粮专柜"。据统计，该粮店曾为全国28个省、市、自治区的1.78万多人解决了配药用粮困难，收到感谢信就达2360多件。

马坊门粮店坚持天天开门售粮，每天营业长达14小时的事迹不仅感动了群众，也打动了领导的心。中共西安市委、市政府表彰马坊门粮店为"五讲四美"先进集体。

一天早上，在江西省南城县城的十字街口，一张公告吸引了众多行人。人们纷纷停下脚步，一边看一边还嘴里说着什么，还有人拍手叫好。

是什么东西让大家都那么关注？还让人称道？

原来，这是南城县供电所贴出了一张《致全县人民用户书》的公告。在公告中，他们提出：

不做电霸王，甘当孺子牛。

供电所为什么突然贴出一张这样的布告呢？

原来，在深入开展"五讲四美"活动中，南城县供电所党支部决定从思想教育入手，健全规章制度，组织干部职工制定了《职工守则》，要求坚决改正以电权谋私利、徇私情，敲诈勒索，刁难称霸的坏作风。

供电所的职工也响亮地提出"不做电霸王，甘当孺子牛"的口号。

于是，南城县供电所决定在县城张贴公告，向全县人民作出承诺，让全县人民共同监督供电所职工的行为。

公告贴出后，南城所的43名干部职工，人人自觉遵守，个个照章办事，没有一个用户反映他们有敲诈勒索和刁难的行为。

20岁的吴英，曾在1982年的"全民文明礼貌月"中被评为襄樊市"最佳营业员"和"五讲四美标兵"。

吴英小时候的理想是当个护士，分配工作时却被安排当了菜场营业员。

刚来那会，她心里别提有多别扭：整天跟蔬菜打交道，又脏又累，搞不好还要跟顾客发生争吵，能有多大出息！越想越憋气，第一天下班，就在妈妈面前哭了一场。

妈妈可是个明白人，她反复给女儿讲一个道理：什么工作都得人干哪！大家都不卖菜，吃什么呢？聪明的姑娘慢慢地明白过来了，逐渐爱上了自己的工作。

1981年，襄樊市兴建一座大型百货商场，那里条件好，待遇高，急需营业员，只要填一张志愿表就可以去。可她没有去，她说："菜场虽然累些，可千家万户离不了，我爱卖菜这一行！"

菜场地处交通要道，买菜的大多是过路行人。有人看到好菜，因为没有带篮子，只好看看就走。热心肠的吴英把这些看在眼里，记在心上，平时注意把一把把稻草，一节节草绳收集起来，满足顾客的需要。

有次一位顾客排队买了两把韭菜，一掏口袋发现没有带钱，很为难。

吴英和蔼地说："您把菜先放在这里，我替您保存，您回家去取钱。"类似这样的事，她碰到多次，每次都让顾客满意而归。

菜场对门有一个孤寡老奶奶，生活十分节俭，每次到菜场都只买几分钱的菜。吴英只要看见老奶奶来，就主动迎上前去接待，不厌其烦地为她挑选。逢年过节，吴英还和伙伴们一起推上板车，把最好的菜送到附近的军烈属和孤寡老人的门口。

清早，人们打开门第一件事就是提篮买菜，安排一天的生活。菜场人员服务态度好坏，直接影响顾客一天的情绪。

吴英刻苦钻研业务知识，不断提高服务本领。她参加工作不到4年，已经基本做到"一秤准""一口清"。

社会各界开展"五讲四美"活动

1982年4月1日,新华社发自北京的一则电讯报道中称:

> 目前全国已有十多个省、市开展了评选优秀护士的活动。各地把这项活动与正在开展的"五讲四美"活动、医德教育有力地紧密结合,推动了护理队伍的建设,提高了护理质量。

评选优秀护士的活动,是在上海市1981年开展推选优秀护士活动的带动下开展起来的。

与此同时,北京、天津、云南、贵州、湖南、浙江等省、市先后发出了开展评选优秀护士活动的通知。

通知发出后,在上海,护理界掀起了学先进赶先进的热潮。

许多护士抢挑重担,主动加班加点的多了,差错事故明显减少,有些已经改行做其他工作的护士也提出要求归队。医护之间的相互配合也更加密切了。

许多病人反映:"现在护士巡回病房次数多了,关心体贴病人多了。"

在北京,中国医学科学院首都医院从1981年11月初动员评选优秀护士活动以来，涌现出很多好人好事，护理工作出现了新气象，医院的面貌也发生了变化。

病房比以前安静了，也整洁了。病人的休养条件也有了很大改善，护理工作得到加强。护士同病人的关系亲密了，病人和家属对护理工作比较满意了。

在太原，山西医学院第二附属医院也开展评选优秀护士活动。护士中出现了赶先进、早出勤、晚下班的新气象，服务态度有改进，护理工作质量提高了。

通过开展"五讲四美"活动和创建文明医院活动，进行思想、道德、纪律教育，护理队伍的精神面貌发生了可喜的变化。全国有20多个省、自治区、直辖市开展了评选优秀护士活动，涌现了一大批医德高尚、技术精湛、全心全意为人民服务的先进代表，受到了各级政府和人民群众的好评。

不仅是医学界，其他社会各界也都不甘落后。

1982年6月3日，全国邮政优秀投递员表彰大会在北京召开。

在会上，全体代表向全国投递员发出四项倡议。倡议全国邮政投递员做好投递工作，当好传播社会主义精神文明的前哨兵。

四项倡议的主要内容是：

一、发扬邮电工人光荣的革命传统，努力学习马列主义、毛泽东思想，提高政治觉悟，热爱党、热爱社会主义祖国、热爱人民、热爱邮政投递工作，遵纪守法，自觉抵制资产阶级思想的腐蚀，向一切不良倾向进行斗争；人人争当献身邮电事业的模范，做名副其实的传播社会主义精神文明的前哨兵。

二、树立全心全意为人民服务的思想，想人民所想，急群众所急，不畏艰险，不怕麻烦，千方百计地做好投递工作，让人民满意，让人民放心。

三、刻苦钻研业务技术，自觉遵守《投递员守则》，认真执行规章制度和操作进程，迅速、准确、安全地投递每一件邮件、每一份报刊，努力提高投递质量。

四、积极参加"五讲四美"活动，服务主动热情，耐心宣传解释邮政、报刊发行业务，在确保通信质量的前提下，积极为群众办好事，努力实现"文明生产，礼貌待人，方便用户，维护信誉"的要求。

音乐界也是硕果累累。1982年初，由共青团中央文体部和中央人民广播电台文艺部联合主办的《八十年代新一辈》优秀青年歌曲评选结果揭晓了。

在此次活动中，共评选出30首获奖歌曲。在全国范围内有数以千计的专业和业余词、曲作者参加了这一活动,较好地推动了青年歌曲的创作活动。

获奖歌曲的题材广阔,体裁多样,它们生动地反映了当前人民建设四化新生活和新的精神面貌,配合了全国开展"五讲四美"的教育活动。

长期以来,一些歌词创作文学质量较差,概念化、雷同化的现象比较严重。不少歌词离开曲调后便完全失去了独立存在的价值。

歌词创作文学性的提高,是此次获奖歌曲中的一个可喜的现象。

这次评奖活动有助于提高我国歌曲创作的思想水平和艺术水平,克服庸俗的、低级的趣味,培养和提高了人们的识别力和鉴赏力。

李幼容的《母亲的歌》,通过回忆幼时母亲亲切的催眠歌声来赞美新中国的母亲——党,作者以巧妙的艺术细节来表达人物的内心世界,独具特色:

歌中唱道:

像一股甘美的清泉,流过我幼小的心灵,
心中的花儿开得鲜艳。
不论是白天夜晚,歌声拨动我的心弦。

曾宪瑞写的词作《美丽的白莲》,以白莲来比喻白衣姑娘,具有新颖的诗的意境。

歌曲《什么是美》和《礼貌歌》用生动的艺术形象

来配合宣传"五讲四美"教育活动。

从艺术上看，这两首歌曲结构紧凑，表现手法深入浅出，情绪爽朗可亲，富有民间音乐特色，与前一时期某些矫揉造作的乐风形成明显的对照。

由施光南作曲、晓光作词的《在希望的田野上》，较深刻地反映了当时的农村生活。歌曲在宽广的背景中表现田野上粗犷的劳动、丰收的喜悦，以及创业者的革命理想情操。

随着国家决定把每年的3月设为"文明礼貌月"，体育战线也积极投入"文明礼貌月"活动，各运动队的精神面貌发生了显著变化。

国家体委在通知中号召广大共产党员、共青团员争做"五讲四美"的模范。

通知指出：

> 运动队伍要把开展"文明礼貌月"活动与贯彻三个《守则》（裁判员、运动员、教练员守则）结合起来，强调人人遵守纪律和各项规章制度；
> 关心集体，爱护公物，遵守社会公德，维护公共秩序；
> 建立和健全各种卫生制度；
> 认真抓好精神文明教育，发扬尊重教练、爱护队员、服从裁判的良好作风，做到有礼貌，

有教养,语言文明,衣着整洁,举止大方。

国家体委所属各单位根据通知精神,结合运动队伍中青少年多、出国机会多、接触群众多、影响面较大的特点,对运动员、教练员的发型、着装、仪表等方面都提出了具体要求。

各运动队都按照体委的通知精神,立即行动起来。

中国曲棍球队在赴巴基斯坦比赛前,按照体委的要求,整理仪容,面貌一新,在机场上受到群众的好评。

网球队则召开了全体大会,传达动员,提出了四点具体要求。运动员和教练都表示会严格按照通知的要求去做。

国家男排的队员还走上街头参加扫除,受到群众的好评。

五、遍地开花

- 1982年2月18日,中共中央办公厅转发了中宣部关于把每年3月定为"全民文明礼貌月"的通知。

- 廖井丹在6月12日再次登上麒麟山,挥毫泼墨,寄语三明:"三明三明,大放光明。"

- 陈燕飞不顾自己已经怀孕5个月,决心下水救人。

开展"五好家庭"活动

"五好家庭"活动是在各级党委领导下,各有关部门积极配合,由各级妇联具体组织领导,于1979年逐步在各地开展起来的。

党的十一届三中全会以来,"五好家庭"活动在全国各地蓬勃开展,取得了很大的成绩。

据有关部门不完全统计,29个省、自治区、直辖市目前已涌现出"五好家庭"380多万户。许多地方认真地开展这一活动,促进了社会风气的好转。

几年来,随着活动的深入开展,各地普遍认为,"五好家庭"活动是一项把建设社会主义精神文明深入到社会细胞中去的基础工作,是综合治理社会弊病、深入持久开展"五讲四美"活动、群众进行自我教育的一种好方法。

广大干部、职工、社员,男女老少,对这一活动乐于接受,十分欢迎。"五好家庭"活动开展比较好的地方,社会道德风尚有了明显变化,出现了许多新的气象。

"五好家庭"活动改善了家庭中和邻里间人与人的关系,建立了一大批民主和睦的社会主义新型家庭,家风、民风发生了可喜变化。

在陕西省,岐山县故郡公社诸村大队有12个生产队、2600多口人,自"五好家庭"活动开展以来,全大队没有发生过一次打架现象。

爱国家、爱集体的新风尚和助人为乐、不计报酬的共产主义精神也得到大力发扬。不少城市在创"五好家庭"的基础上,涌现出许多"五好大院""五好楼",形成了家家和睦,院、楼团结,男女老少讲文明礼貌的好风气。

同时,加强了对青少年的教育,各种刑事案件、民事纠纷比过去明显减少,促进了社会治安的好转。

在北京,焦化厂职工宿舍区从1975年至1980年被劳教的青少年有17人。而在1980年6月,焦化厂居委会妇代会在垡头街道党委和焦化厂党委共同支持和领导下,开展"五好家庭"活动,重视教育子女的家长越来越多,青少年犯罪率大大下降,再也未发生过一起盗窃、斗殴的现象。

"五好家庭"活动解除了职工、社员的后顾之忧,同时激发了生产积极性,促进了社会主义物质文明建设。

基层各项工作也因为活动的开展得到顺利进行。许多省、自治区、直辖市反映,凡是"五好家庭"活动开展得深入、普及的地方,各项工作都容易开展。

陕西省蒲城县1979年只有43对育龄夫妇报名生一个孩子。开展"五好家庭"活动后,全县自愿报名只生一个孩子的育龄夫妇达到9089对,占全县所有育龄夫妇的91.5%。

新风吹遍每一个角落

1981年4月,"五讲四美"的新风吹遍了四川省自贡市鸿鹤化工厂。人们的精神面貌也起了变化,讲贡献为国分忧的多了,学雷锋做好事的多了,参加义务劳动引以为荣的多了,坚持正气抵制歪风的多了,讲文明礼貌、讲卫生的多了。

工厂幼儿园有些老师、招待所有些服务员原来工作不安心。这些单位开展了"为您服务胜似亲人"的活动,收到了很好的效果。

幼儿园的老师们纷纷提出,要热爱本职工作,热爱儿童,讲礼貌,讲卫生,从老师做起,从小事做起,为儿童作表率,为家长减轻负担。

幼儿园的老师们对孩子关怀备至,下雨天,背着孩子上厕所。孩子的衣服破了、脏了,主动给缝补、换洗。孩子生病了,主动送医院去治疗。有的孩子头上长疮,理发馆嫌脏不给孩子理发,老师就自己掏钱买了理发工具给孩子理,还到山上采中草药给孩子洗头。

职工们对幼儿园的工作十分满意,解除了后顾之忧,干活更有劲了。

招待所的工作也有了很大起色。客人一来,服务员立即迎上去,招呼"请坐",倒开水。客人有了病,把饭菜送到客人手里。客人的衣服破了，服务员主动代为缝补。

很多客人都反映："住在这个厂的招待所像住家里一样。"

运输队在开展"五讲四美"活动中，针对存在的问题，提出了四条要求：

> 一、埋头苦干，为国分忧，节约能源心灵美；二、安全行车，遵章守纪，礼让"三先"行为美；三、服务周到，对人和气，不说脏话语言美；四、爱护车辆，车容整洁，停车整齐环境美。

运输队按照这些要求改进工作，取得了显著成绩。车车节油，人人节油。过去开绕道车办私事的比较多，现在没有了。驾驶作风也有了改进，开"英雄车""霸王车""赌气车"的不见了。服务态度改好了，工作主动，讲文明礼貌，不说脏话了。

靠"方向盘"吃农坑农等不正之风得到了纠正，而且出现了拾金不昧、业余时间主动修公路等好人好事。停车整齐了，车容也整洁了。

开展"五讲四美"活动以来，运输队月月超额完成运输任务，被评为全市交通安全先进单位，48个驾驶员中42人被评为"四好"驾驶员。

厂团委组织青年每周星期五轮流到火车站做服务工作，扶老携幼，提包，送开水，协助维持秩序，清垃圾，除杂草，搞好环境卫生。

许多青年发扬了雷锋精神，服务工作做得很出色。有一次，一位老太太下车后站在车站发愣，一个青年主动上前攀谈，原来她是从香港来自贡探亲的，不知道亲人住地的具体地点。

青年就主动接过行李箱，扶着她上了公共汽车，送到招待所安置好了才回厂。

后来，这位老人家写来了一封感谢信，信中写道：

> 我一踏上家乡土地，就有这素不相识的青年帮助、照顾，在香港根本不会有这样的事。

团中央表彰少先队员

1982 年 5 月 24 日，新华社北京报道：

共青团中央最近作出决定，授予黄淑华、张新龙、魏世俊、罗从林、王玉梅以"优秀少先队员"的光荣称号。

黄淑华是福建省漳浦县六鳌公社龙美大队龙美小学的少先队员。

1981 年 3 月 29 日上午，12 岁的黄淑华与两个女孩到前江海滩拾麦螺，不慎同时跌进 2 米深的港汊中。稍会游泳的黄淑华在危急时刻，奋力抢救两个同伴。当她用力将一个女孩推向浅滩后，又用尽全力将另一个女孩推上浅滩，而自己却因体力耗尽，英勇献身。

张新龙是甘肃省陇西县种和公社杨寨小学五年级的学生，担任学校少先队大队长。

1981 年 6 月 21 日，他与同学吕仁祥等去购买毕业纪念品途经水坝时，吕仁祥下水洗澡不慎沉落水底。张新龙毅然扑进水里，竭尽全力把吕仁祥顶出水面，吕仁祥随即被闻声赶来的青年拉上了岸，但张新龙自己却沉没水底，光荣牺牲。

魏世俊是天津市北郊区朱唐庄公社北何庄小学四年级的少先队员。

1981年7月4日下午，她和同班同学郭德霞等到水渠游泳。游到中途，郭德霞支持不住，魏世俊一个猛子扎下去，用头顶起郭德霞往前游。离岸边还有一米多远时，魏世俊用力把郭德霞推向岸边，郭德霞没抓住岸上的芦苇，又滑了下来，魏世俊用尽最后一点力气，第二次把郭德霞推向岸去。郭德霞得救了，魏世俊却沉入水底，光荣牺牲。

罗从林是四川省万源县花楼公社小学五年级的少先队员。

1981年6月24日早晨，罗从林沿着铁路冒雨去上学，发现一块巨石横卧在隧道前弯道处。他双手抱着石头两脚蹬着枕木，使尽全身力气想把石头移走，巨石却纹丝不动。这时，远方山谷里传来了汽笛的长鸣，一列火车风驰电掣地开了过来。罗从林就把红领巾举在头上挥舞着奔向火车，同时大声喊叫。他在大风中几次摔倒在路基上，又爬起来继续向前跑去。司机发现了前方的信号，落下了刹把，避免了一场严重的事故。

王玉梅原是天津市和平区官沟街小学5年级的少先队员。她5年如一日，风雨无阻地接送一个下肢瘫痪的女同学上学，表现了关心他人、助人为乐的高尚品德。

团中央的决定指出：

黄淑华、张新龙、魏世俊、罗从林、王玉梅等 5 名少先队员，是在党的哺育下，在"学雷锋、树新风""五讲四美"活动中涌现出来的优秀少年。

　　他们那种热爱集体、热爱人民、热爱祖国、牢记"人民的利益高于一切"的崇高思想，临危不惧、舍己救人的英雄行为，勤奋学习、热爱劳动、文明礼貌、乐于助人的共产主义品德，是全国少年儿童学习的榜样。

　　团中央号召全国各族少年儿童向他们 5 位同学学习，立志成为有理想、有道德、有知识、有体力的新一代。

山西山东"五讲四美"结硕果

山西省偏关县响应上级的指示,在全县单位和乡村开展以"五讲四美"为中心内容的"文明单位""文明村庄"活动,促进全县社会风气的好转。

其中,"文明单位"的内容和要求是:

环境要美化,经常讲卫生。
不说粗野话,对人不蛮横。
按时上下班,法纪为准绳。
团结兼友爱,助人以为荣。
积极搞工作,业务须精通。
爱党又爱国,廉洁为人民。

"文明村庄"的内容和要求是:

农村干部,廉洁奉公。
集体事业,人人操心。
家庭邻居,和睦相亲。
婚姻自主,财礼不收。
晚婚节育,一胎光荣。
勤劳致富,严禁赌偷。

相信科学，不搞迷信。

言行文明，礼貌待人。

绿化环境，讲究卫生。

活动开展后，偏关县各机关、企事业单位从改变环境卫生面貌做起，开展了形式多样的竞赛活动。

农村社队一点也不落后，纷纷发动社员群众制定村规民约，开展文化娱乐活动。在窑头、天峰坪等村庄，各村因陋就简，办起了影剧院、俱乐部、图书室。老营村组织起30多人的业余宣传队，编演生动活泼的节目，宣传精神文明。

开展"文明单位""文明村庄"活动以来，全县各单位各乡镇干劲十足，热情高涨，纷纷行动了起来，全县良好的社会风气逐步形成。

在县粮食局陈家营粮站，职工开始勤俭办企业，把过去花钱雇人干的装车、卸车、装包、倒仓等站内零杂工作，全都由自己承担起来。仅仅这一项工作，在不到一年的时间内，就为国家节约资金3276元。

县综合公司在开展"文明单位"活动不到一年的时间里，仅仅登记在册的，职工做好事就有423人次，其中拾金不昧的16人次。

随着"文明村庄"活动的开展，在农村涌现出一大批"好媳妇""好婆媳""好妯娌""好邻居"。

老营公社老营大队过去吵架、打架在全县是出了名的，开展"文明村庄"活动后，全村家家户户和睦相处，老老少少互相关照。

忻县地区召开调解民事纠纷先进单位代表会议，老营公社老营大队就是其中代表之一。

社员爱国家、爱集体的多了；家庭讲团结、邻舍讲和睦互助的多了；破旧俗，树新风，同坏人坏事作斗争的多了。

除了山西省，其他的省份也有很多通过开展活动来改变面貌的例子。

山东省邹县各社队在开展"五讲四美"活动中，结合农村出现的新情况和新特点，普遍制定乡规民约，使农村的社会风气发生了较大变化，涌现出大批好人好事。

邹县农村在实行生产责任制以后，生产迅速发展，社员生活水平有较大提高。但在一些社队中，损公肥私、损人利己、骂街打架、铺张浪费等现象时有发生。社队干部和群众都希望能制定出一个大家共同遵守的社会道德公约。

1981年7月，邹县县委顺应群众的要求，首先发动城关公社南关大队的干部和社员，讨论制定了乡规民约。

乡规民约规定：

> 爱国家爱集体，不做损害国家、集体利益的事；遵纪守法，对坏人坏事要敢于揭发斗争；学政治，学科学，学文化，不搞封建迷信活动；

互相帮助，团结友爱，不贪占别人的便宜；不酗酒骂街，不打架斗殴；讲卫生，管好饲养的家畜、家禽；不乱倒污水、垃圾；尊老爱幼，尊干爱民；勤俭持家，计划生育。

乡规民约还规定了对违者的处罚办法。

南关大队执行乡规民约后，全大队的社会风气为之一新。制定乡规民约初见成效，邹县县委决定在全县推广南关大队的这一经验。

各大队都发动社员结合本队情况，制定出乡规民约，并且通过广播、幻灯片、黑板报、演出文艺节目等多种形式，广泛宣传。

乡规民约制定后，大家处理问题有了依据，歪风行不通了。

魏庄大队3个社员偷了集体果园的苹果，队里对他们罚款，他们不服。后来对照乡规民约，3人都承认了错误，按照规定赔偿了损失。

老林店大队党支部委员王其林，原来准备拿出1000块钱给二儿子操办婚事。大队的乡规民约公布后，他又请人分头收回了40多张请帖，还退回了彩礼，说服了亲家不摆酒席。

在邹县农村，乡规民约已成为人们行事的准绳。社员中爱国家、爱集体的多了，家庭讲团结、邻舍讲和睦互助的多了；破旧俗、树新风，同坏人坏事作斗争的多了。原来一些行为不端,蛮不讲理的人,在乡规民约的约束下开始收敛。

有一次,落陵公社南落大队3名社员在公路上拾到两捆价值3000多元的涤棉白布。他们把东西送到公社后,又分别向附近地县物资批发部门发出10多封信,查询失主。

半个月后,他们在报纸上看到枣庄市供销社汽车队发布的广告,便立即给这个车队发去电报。

当汽车队要赠给他们每人100元现金作为奖励时,他们却这样说道:"保护国家财产是我们应尽的义务,奖金一分也不收。"

福建发生可喜变化

1981年2月，中宣部、文化部、卫生部、公安部联合发出关于开展文明礼貌活动的通知，提倡开展以"讲文明、讲礼貌、讲卫生、讲秩序、讲道德"和"心灵美、语言美、行为美、环境美"为主要内容的"五讲四美"文明礼貌活动。

由于这项活动反映了人们的愿望和要求，一经提出就受到热烈的欢迎，很快就变为广大群众的实际行动。

福建省三明市和全国其他地方一样，开展"五讲四美"活动，收到了非常好的效果，干部群众的精神面貌和城镇的环境面貌，都发生了可喜的变化。

"五讲四美"活动开展之前，三明市的市容市貌给人的整体印象是脏、乱、差。

三明市委咨询委原主任龚人左在一篇回忆文章中写道："改革开放前，三明这座城市还没有什么像样的基础设施和生活设施，就像一个大工地。脏、乱、差等各种不利因素带给三明最大的危机就是人心思去，特别是在20个世纪70年代的最后几年，每年都有上千名知识分子、技术工人调离三明。"

"五讲四美"活动开展之后，三明市委初步形成率先探索的思路，将工作方针逐步转变为物质文明建设与精神文明建设一起抓。

一时间,三明市的班子成员,开始分线作战,早出晚归。各部门、各单位领导也都来到活动第一线,财贸战线各级领导都在各门点当营业员,在文明待客上作出表率。领导榜样示范,带动了全市市民积极参加全民文明礼貌活动。

此外,还组织了专攻卫生"死角"和拆除违章搭盖宣传队、学雷锋做好事服务队、清理精神污染工作队等10支专门队伍。

1982年1月中旬,福建省委宣传部等12个单位于省会福州召开城市精神文明建设座谈会。

三明市代表的发言引起热烈反响,三明市的经验更是受到与会代表和领导的好评。时任福建省委常务书记的项南在讲话中,对三明的精神文明建设褒奖有加。他说:"三明三明,为了人民;三明三明,精神文明;三明三明,大放光明。"

1982年2月18日,中共中央办公厅转发了中宣部关于把每年3月定为"全民文明礼貌月"的通知。三明市积极响应中央号召,扎实开展第一个"文明礼貌月"活动,取得了显著的成效。

在这一年的"文明礼貌月"里,全市共出动1159辆机动车、16.86万人,清除垃圾9467万吨,清理污水沟1.81万米,拆除违章搭盖1823间,搬走房前屋后煤堆643处,突破卫生死角83处,新植树木43万株,有些单位还建起小园林。脏、乱、差现象得到了有效治理,"大工地"状况发生了根本性的改变,市民们对三明的美好前途充满了信心。

"文明礼貌月"后,市委要求广大干部群众思想不松,组织不散,活动不断,除了继续坚持每月10日、25日两个全民卫生日外,从4月到12月每个月都要有主题活动,深入持久地开展精神文明建设活动。

全市大抓"十大窗口",即邮电、公交、商贸、服务业、医院、环卫、园林、车站、影剧院、公安的服务质量,大力推进文明楼院、文明单位的创建活动,大力开展振兴中华读书活动,逐步将精神文明建设的浪潮从城市推向农村。

福建省将三明市的经验整理上报给中宣部,推荐作为参加全国"全民文明礼貌月"活动总结会议的典型发言。

1982年4月26日至5月4日,由中央宣传部、共青团中央召开的"全民文明礼貌月"活动总结会议在北京召开。

参加会议的有全国各省、市、自治区党委和南京、杭州、青岛、福州、三明、沈阳、大连、哈尔滨、太原、西安、武汉、洛阳、广州、桂林、成都、重庆、昆明等17个城市的党委主管书记、宣传部长、团委书记,以及中央有关部门负责同志共130多人。

福建参加会议的有福建省委宣传部副部长王仲莘、

福州市委副书记苏里、团省委宣传部领导、三明市委书记袁启彤、三明市团委书记李鹭英等。

参加会议的17个城市中，有16个是省会城市、省辖市和计划单列市，只有三明市是县级市。

此次会议的主要任务是，总结我国第一个"全民文明礼貌月"活动的成果和经验，研究如何经常地、持久地开展"五讲四美"活动的问题。

会上，中央书记处书记、中宣部部长邓力群传达了中央领导同志关于精神文明建设的意见，并组织与会人员学习讨论。有7位代表在会上发言，三明市委书记袁启彤是其中之一。

当时北京有个惯例，大会发言不鼓掌，开始不鼓掌，结束也不鼓掌。这次会议依然沿用了老规矩，代表发言都不鼓掌。唯独袁启彤的发言是个例外，破天荒赢得了4次掌声。

三明市委在三明地委的支持下，坚持从实际出发，把解决群众要求最迫切的民生问题，如住房难、行路难、吃菜难等等，与"五讲四美"和"文明礼貌月"活动紧密结合起来，领导亲临第一线，与基层干部和群众一起清厕所、除垃圾，恢复和发扬了党的优良传统，工作十分到位。

袁启彤的发言也讲得朴实生动，因此受到与会代表格外热烈的欢迎，发言中间爆发3次掌声，发言结束又鼓掌一次，不到半个小时的发言，一共鼓掌4次。

这次会议是一次精神文明建设经验交流会，也是一次全国范围的精神文明建设先进单位的评比会。4次掌声说明了三明市的工作得到了与会者的高度肯定。

会议结束以后，三明市委认真传达贯彻会议精神。当时的《福建日报》报道称：

> 市委领导同志谈了自己在北京开会期间，对比首都找出的十条差距，引导大家克服已经出现和可能出现的松劲情绪，强调从零开始，以不懈的努力，去开创精神文明建设的新局面。

紧接着，市委、市人大、市政府、市政协的领导连续用4天的时间，认真讨论了"今后怎么办"的问题，决定针对差距，采取措施，狠抓落实，巩固和发展"文明礼貌月"活动的成果，把"五讲四美"活动引向经常化、制度化。

不久，时任中宣部顾问、中央"五讲四美"活动委员会常委的廖井丹同志来到三明参观考察。

据时任三明市委书记的袁启彤回忆说："廖井丹在三明住了四五天，重点是参观、考察'五讲四美'活动的先进单位，如红杏商场、江滨农贸市场、三明钢铁厂、三明化工厂、三明一中、三明医院、三明火车站，以及麒麟山公园等。实地考察以后，廖井丹对三明市精神文明建设取得的成就和经验给予了充分肯定。"

廖井丹是1930年参加革命的老同志，20世纪60年代曾任攀枝花钢铁厂党委书记、攀枝花市委书记。

廖井丹对三明市委结合解决民生问题抓精神文明建设的做法，特别是对市委提出要当好生产建设的总后勤、当好人民生活的总后勤，非常赞赏，表示完全支持。

结束考察之前，廖井丹还在三明市麒麟山上题字，对三明市精神文明建设的成就予以褒奖。

1983年5月31日，《人民日报》以显著的位置刊登长篇报道《坚持抓精神文明建设促进物质文明建设三明市发生十大喜人变化》，同时发表评论员文章《振奋人心的启示》，高度评价了三明市精神文明建设的经验。

这是1982年参加全国总结会议后，中央主流媒体第一次公开、全面介绍三明市精神文明建设的经验。报道在全国产生很大影响，各省市来三明参观的人络绎不绝，三明成为全国学习的典型。

1983年5月15日，经国务院批准，三明改为省辖市，撤销三明地区行政公署，原三明市划为三元、梅列两区。此后，三明市的精神文明建设在原有基础上继续前进，取得了更大的成绩，创造了更为丰富的经验。

1984年6月11日，全国"五讲四美三热爱"活动工作会议在三明市召开。

29个省、市、自治区以及147个省辖市的有关负责人，中央和国家机关、人民团体的35个部门，以及解放军有关部门的负责人，共361人出席会议。

中央"五讲四美三热爱"活动委员会常委、中宣部顾问廖井丹主持开幕式，总政治部副主任、中央"五讲四美三热爱"活动委员会副主任黄玉昆致开幕词，中共福建省委第一书记项南在会上讲话。

会议期间，三明市委书记邓超就三明市的精神文明建设的成绩和经验作了专题发言。

北京、解放军总政治部、河北、深圳、中原油田等地区和单位的代表，分别介绍精神文明建设的先进经验。

廖井丹代表中央"五讲四美三热爱"活动委员会作工作报告，邓力群作会议总结讲话。

会议充分肯定三明市精神文明建设的成就和经验。并发出号召学习三明：

全国向三明市学习，三明市向全国学习。

会议对三明市提出了新的要求，寄予新的期望。

廖井丹在 6 月 12 日再次登上麒麟山，挥毫泼墨，寄语三明："三明三明，大放光明。"

写完这 8 个大字，廖井丹感到意犹未尽，又写了题词："重来三明市，再登麒麟山，别来不过七百日，城市人民面貌大改观。唯愿其努力，创造新经验，把五讲四美三热爱活动，推向新阶段。"

开展职工思想建设工作

湖北省沙市热电厂是一个有近 800 名职工的中型企业。他们在深入开展"五讲四美三热爱"活动中，不断加强职工队伍的思想建设，提高了职工的政治思想觉悟，也陶冶了职工的道德情操。1982 年，该热电厂被水电部命名为"文明生产标兵"；沙市市政府授予该厂"文明卫生红旗单位"的光荣称号。

一个企业职工队伍精神面貌的好坏，和企业生产的发展有很大关系。因此，沙市热电厂十分注意职工队伍思想建设，坚持经常对全厂干部职工进行爱国主义和社会主义、共产主义思想教育，引导干部职工树立远大的共产主义理想，自觉地用共产主义思想、道德来规范自己的言论和行为，培养有理想、有道德、有文化、有纪律的一代社会主义新人。

党员、干部是企业的核心力量，要抓好职工思想教育，必须首先抓好党员、干部的思想工作。从 1982 年开始，沙市热电厂在全体党员中深入开展了"做合格党员"的教育活动，采取多种形式对党员、干部进行政治培训。两年时间里共培训党员、干部 2000 多人次。

活动期间，每个党员定出了"文明规划"，每个支部定出了"五讲四美活动条例"，对照党章要求，联系思想实际，查原因、找差距，开展批评与自我批评，努力争当合格党员。

党员教育活动的开展，为职工思想教育打下了良好的基础。沙市热电厂把"三热爱"教育作为搞好职工队伍思想建设的重要内容来抓。让理论辅导员在全厂职工中系统地宣讲"中国近代史""中国工人阶级""科学社会主义"，在青壮年职工双补课中也增加了"三热爱"政治课。并在全厂职工中开展"做合格职工"，"学张海迪、朱伯儒"等活动，发动广大职工对照"职工守则""五讲四美三热爱"的具体要求，对照张海迪和朱伯儒的先进事迹，制定了"五讲四美三热爱活动规划"，把"三热爱"落实到实际的行动上。同时利用黑板报、本厂广播等宣传工具，邀请公、检、法机关的干部来厂宣传和讲解法律知识等办法对职工进行法制教育，使每个职工知法、懂法、守法。并成立了帮教小组，制定了帮教措施，做好后进青年的转化工作。

通过以上实际活动的开展，党风、厂风有显著好转，职工面貌焕然一新，各种好人好事不断出现。

厂长沈联升全家4口人，一儿一女都已经上中学，住房很拥挤。厂里曾经两次要给他分房，他都主动把新房让给了有困难的工人。当沙市热电厂大部分老工人都住上了条件好、设备齐全、面积宽敞的3室1厅时，他家还挤在20多平方米的小套房里，表现了一个干部一心为群众的高尚品德。

干部享受在后，普通党员也能够严格要求自己。1982年下半年，厂里曾经一度出现液化气供应紧张的情况，党员们纷纷响应厂党委的号召，把困难留给自己，让群众先拿气。

1983年4月，厂里组织清理油罐劳动，党员们纷纷抢先下到温度高、气味难闻的油罐底，一桶桶，一瓢瓢地往外清除油渣。他们一个个满头大汗，满身污油，却毫无怨色。

另外，党员、干部还带头移风易俗，抵制不正之风，特别是在婚丧嫁娶上，活动开展后的3年时间内，全厂171名党员、干部没有一个人大操大办、请客送礼，得到了全厂职工群众的一致好评。

党员、干部起了模范带头作用，给群众作出了表率，群众也都跟着学。

1983年5月，沔阳王场服装厂一位同志在汽车上丢失了一个提包，里面还装有钱物。沙市热电厂一位职工拾到后，根据包内证件上的地址和姓名，一直找到沔阳王场，当面把包交给失主，自己却不留姓名。失主根据他佩带的厂徽把感谢信寄到厂里，但到最后还是没有查到这件好事是谁做的。

1983年，厂党委发出"购买国库券、支援国家建设"的号召后，全厂职工纷纷积极认购，很短时间里认购1.27万元，超额20%完成上级下达的指标。

修配车间工人张生发是个三级工，两个小孩都在学校念书，爱人还没有正式工作，日子过得并不宽裕，但他毫不犹豫地拿出平时节省下来的100元钱购买了国库券，为国分忧，支援"四化"建设。

1983年夏天，湖北省几个地区遭受洪灾，全厂职工积极响应厂党委号召，两天时间里，捐新旧衣物2600余件、粮票1750多公斤。厂里也从职工福利费中拿出3000元现金、1500公斤粮票支援灾区人民。

工人们这样说："我们是社会主义国家，应该是一方有难，八方支援，灾区人民的困难就是我们的困难，我们少享受一点福利是应该的。"

出现尊重清洁工的现象

1981年5月10日,《人民日报》刊登了一篇题为《五讲四美的丰硕成果,沈阳青年清洁工找对象不难了》的报道:

> 从去年全国开展"五讲四美"活动以来,辽宁省沈阳市环卫系统许多青年清洁工人被评为劳动模范、先进生产者和省、市、全国的新长征突击手。这些青年工人的先进事迹在报刊、电台宣传后,许多读者和听众给予高度赞扬,看不起清洁工人的不良社会风气有了改变,其中一个明显的变化是:清洁工人找对象不难了。据有关部门统计,一年来,沈阳市环卫系统有470对青年清洁工人结婚,其中,60对青年男女都是清洁工人,356人是从机关、厂矿、部队"娶"进的新媳妇或新女婿。

但在没有开展"五讲四美"活动之前,完全是另外一种情形。人们都嫌做环卫的整天与垃圾打交道,浑身都不干净。因此,环卫队的姑娘小伙找对象都很困难。当时在沈阳环卫三所做支部书记的郭阿姨回忆说,环卫所的姑娘小伙的对象问题很让自己犯难。

"五讲四美"之后,清洁工成了城市的美容师,讲卫生是"五讲四美"的重头戏。当时不光领导重视,别人看清洁工的眼光也不一样了,姑娘小伙谈起自己的职业也不再遮遮掩掩了。

王毅是沈阳市环卫汽车三队垃圾装卸工人,1981年4月复员调到这个单位。他的未婚妻曾朝玉在上海工作。当小曾知道小王当清洁工人的消息后,不但不嫌弃,而且写信鼓励他安心干好环卫工作。小王工作越干越好,被评为沈阳市环卫局新长征突击手。后来,小曾高高兴兴地从千里之外的上海来到沈阳,同王毅办理了结婚登记手续。邻居们都夸奖上海姑娘情操高尚。从此,小王的工作劲头更足了。

清洁女工窦敏红和沈阳干鲜果品公司团委副书记、优秀共产党员、先进工作者刘仁刚刚恋爱时,姑娘一度有些犹豫,觉得自己是又脏又累的清洁工人,有点"高攀"不上小刘。小刘安慰她说:"你扫马路,我当干部,这是革命事业的分工不同,并没有高低贵贱之分。你们宁肯一人脏,换来万人洁,有你这样一位'城市美容师'做妻子,我感到光荣自豪。"

沈阳市环卫系统的青年们,把热爱清洁工作作为建立爱情的基础。清洁女工张淑波和瓦工赵国庆恋爱期间,小赵经常利用节假日和小张一起扫街、运垃圾;结婚以后,小赵不但主动承担家务,而且经常送小张上早班,全力支持爱人安心干好环卫工作。

领导干部也乐于为青年工人牵线搭桥当"红娘"。清洁工陈大伟，是沈阳市先进生产者，同环卫所一位工会女干部感情很好，但遭到女方家长反对。环卫局副局长于文思就给女方的家长做工作，成全了两个情投意合的年轻人。

一年来，各级领导出面当"红娘"，帮助青年建立幸福家庭的，就有100多例。

为了鼓励这些新婚青年努力搞好清洁工作，有的青年写诗歌说："传说中，美丽贤惠的织女，钟爱勤劳纯朴的牛郎；在今天，平凡而光荣的清洁工人，同样会找到称心如意的对象。假如你本身就自惭形秽，当然抵御不住鄙弃的目光。相信并热爱自己的事业，才能在众目之下挺起胸膛。从每一件平凡小事做起，让它寄托你的爱情和理想。都是一样的梧桐树，何愁招不来金凤凰！"

见义勇为层出不穷

1982年4月30日21时左右,在上海汽车修理四厂工作的女工陈燕飞从亲戚家出来。当路过四川路桥时,陈燕飞看到桥上和岸边围着许多人,她也挤进人群向桥下看去,只见水中有个女人时浮时沉在挣扎。

看到这种情景,陈燕飞不禁叫喊起来:"还有气,快救人啦!"说着,陈燕飞不顾自己已经怀孕5个月,决心下水救人。

这时,有人提醒她:"人在死前总要挣扎,你去救她很危险!天又黑,潮水又急,船又多,万一被水卷进船底就出不来了。"

还有一些不怀好意的人在一边怪叫:"当代女英雄来了!"

但陈燕飞全然不顾这些。她放下包,纵身跳进又黑又臭的苏州河中,用尽全力,游到落水者身边,一把揪住她的衣领,奋力游回岸边。

在其他人帮助下,落水者被送进了附近的医院,经抢救,脱离了危险。

当时人们还不知道陈燕飞已经怀胎5个月,直至医院护士给她换衣服,才知道了这件事。

当人们问怀孕5个月的陈燕飞,你为什么敢于挺身

而出跳水救人时,她回答得十分简单:

> 我见水中的人还有一口气,总不能见死不救。这是做人的起码道德!

5月1日,《解放日报》刊出了陈燕飞的救人壮举,电台也作了报道。上海街头巷尾开始到处传颂着怀孕5个月的女工陈燕飞跳河救人的英勇事迹。人们赞扬这是"五讲四美"活动中出现的一朵鲜花。

陈燕飞所在工厂的干部和职工知道后都很震动。干部职工一致表示要向陈燕飞学习,做到不怕困难,无私无畏,关心他人。

一位干部说:"真想不到,这位平时看起来表现比较一般的女工,会在关键时刻挺身而出下水救人。"

群众纷纷向解放日报报社、上海汽车修理四厂和陈燕飞本人寄来了信件,向陈燕飞同志表示慰问,决心向她学习。

一位60多岁的老人在信中写道:

> 我活了这么多年,还是第一次听到一位孕妇跳水救人,真了不起!

一位妇女写道:

陈燕飞勇敢的忘我精神和关心他人的高尚品德，不但是妇女们学习的榜样，也是各行各业的男人们应该学习的！

一位读者写道：

联系到目前社会上，我们的现实生活中，不讲道德者几乎每天碰到，损人利己的事几乎时有所闻，对比之下，更觉得陈燕飞精神可贵。

此外，许多群众在信中，愤怒地谴责了那些见死不救、幸灾乐祸的人，有的甚至发出"救救那些心灵落水者"的呼声。

面对社会上的一片赞扬声，陈燕飞却相当淡然，她说："今天我为人民做了一件小事，只能说明我在这事上是做对了，这只能作为我前进道路上一个新的起点。"

5月7日，上海市交通运输局召开表彰大会，向陈燕飞颁发了奖状。奖状上写着八个烫金大字：

奋不顾身，舍己救人。

涌现时代榜样张海迪

团中央发出开展"五讲四美三热爱"活动的号召后,山东省职工中涌现出一些新的先进典型。

莘县广播局无线电修理部下肢瘫痪的女职工张海迪,身残志坚,自学成才,全心全意为群众服务。

张海迪5岁时因患脊髓血管瘤,高位截瘫,胸部以下完全失去知觉,生活不能自理。医生会诊认为,像她这种高位截瘫的病人,一般很难活过27岁。

面对死神的威胁,张海迪并没有退缩,以顽强的毅力与疾病作斗争,经受了严峻的考验。她在日记中写道:

既然是流星,就要把光留给人间……即使跌倒一百次,也要第一百零一次站起来!

虽然没有进过学校,但张海迪童年时就开始以顽强的毅力自学知识,先后自学了小学、中学、大学的专业课程。

1981年12月29日,《人民日报》头版头条刊发了新华社山东分社记者宋熙文的文章:《瘫痪姑娘玲玲的心像一团火》。全文仅用1100余字介绍张海迪的事迹,在山东省引起了轰动。张海迪的事迹开始为人所知,她的人生轨迹也从此转变。

1983年2月24日,张海迪进京,被安排住进了中央团校大院里的万年青宾馆。时任团中央第一书记的王兆国看望了张海迪,并让医生为她进行检查治疗。

28日下午,时任团中央书记处书记、全国青联主席的胡锦涛主持召开了"首都新闻单位听取张海迪同志事迹介绍会"。

《中国青年报》头版刊发长篇通讯《生命的支柱——张海迪之歌》,以及张海迪的自述《是颗流星,就要把光留给人间》。《人民日报》发表报告文学《向命运挑战——记优秀共青团员张海迪》。解放军总政治部在首都体育馆举行张海迪事迹万人报告会。

3月11日,张海迪在人民大会堂作事迹报告,这场报告的实况录像于3月17日在中央电视台一套节目向全国播出。

4月22日,共青团书记处中共山东省委向党中央提出了《共青团中央和中共山东省委关于进一步开展学习宣传张海迪活动的报告》,"报告"建议"各级党委加强对学习张海迪的活动的领导","要把学习宣传张海迪作为深入开展'五讲四美三热爱'活动,搞好社会主义精神文明建设的一项重要工作来抓"。

中共中央批准了中共山东省委提出的《关于进一步开展学习宣传张海迪活动的报告》,邓小平亲笔题词:

学习张海迪,做有理想、有道德、有文化、守纪律的共产主义新人!

叶剑英、李先念、陈云、彭真、邓颖超、徐向前、聂荣臻等也先后为张海迪题词。

学习活动期间,各地还陆续出版了关于张海迪事迹的书籍。山东人民出版社出版了《优秀共青团员张海迪》;共青团中央宣传部主编的《闪光的生活道路——张海迪事迹》出版;工人出版社出版了《张海迪》,中国青年出版社出版了《张海迪书信日记选》,战士出版社出版了《青年先锋张海迪》;共青团中央又编写了《闪光的道路——张海迪事迹续编》。

1983年,张海迪开始从事文学创作,先后翻译了《海边诊所》等100万字的英文小说,编著了《向天空敞开的窗口》《生命的追问》《轮椅上的梦》等书籍。

其中《轮椅上的梦》在日本和韩国出版,而《生命的追问》出版不到半年,就重印3次,并获得了全国"五个一工程"的图书奖。

本书主要参考资料

《五讲四美手册》共青团中央宣传部编 中国青年出版社

《站在时代前列的人》艺丛编辑部编 湖北人民出版社

《春风吹拂着首都》中共北京市委宣传部编 北京出版社

《"五讲四美"一百题》《工人日报》思想教育部编 中国工人出版社

《丹心育人》中国教育部中国教育工会全国委员会选编 人民教育出版社

《百年中国口号解说》王曦昌 徐潜 张天彪 陈忠等著 百花洲文艺出版社

《日志中国：1978－2008 回望改革开放30年》（第一卷）新京报报社编 中国民主法制出版社